二見文庫

お嬢さまの、脚は夜ひらく

睦月影郎

目次

お嬢さまの、脚は夜ひらく

第一章　秘められた淫力

1

「あっ、帽子が……！」

怜奈《れな》が声を上げ、文也《ふみや》の顔のそばを甘い風が通り過ぎた。

どうやら一陣の突風で彼女の帽子が飛ばされ、文也の顔を横切ったようだ。

見ると、ピンクのリボンの付いた帽子は展望台の柵を越えて飛び、切り立った崖の岩に紐が引っ掛かって止まった。

「何やってんだよ、冬月《ふゆづき》！　咄嗟に摑めただろうが！」

「なにボーッと突っ立ってんだ！」

三年生の良行《よしゆき》や正孝《まさたか》が毒づき、一年生の文也は何も言い返せず立ちすくんだ。

「困ったわ。二十歳の誕生日にママから送られた帽子なのに」

怜奈が柵に身を乗り出し、周囲に縋《すが》るように言った。

「ああ、あそこじゃ取りに行けないな。俺は高所恐怖症なんだ」

「これは、失態した冬月に行かせるべきだな。顔の前を飛んだのに摑めなかったんだから」

二人が言い、文也は震え上がった。幼い頃から運動は苦手で、木登りさえしたことがないのである。

「ダメよ、冬月君。危ないから行かないで」

講師のメガネ美女、篠原由香利《しのはらゆかり》が言った。しかし怜奈が、

「お願い、冬月君。取ってきてくれたら何でも言うことを聞くわ」

そう言ったので、文也の気持ちが動いた。

「おお、お嬢から言われたんなら行かないとな」

「何でも言うことを聞いてくれるなら、俺が行きたいところだが」

良行と正孝がからかうように言った。わがまま令嬢の怜奈は、どうせ約束など守らないと分かりきっているのだろう。

今日は、わが月見ヶ丘大学文学部、古代史研究サークルのハイキングで、月見山に上っていたのだ。

小学生でも遠足に来る山だが、展望台の下は断崖で岩が切り立っているから、落ちれば確実に死ぬだろう。

しかし引っ掛かっている帽子は、柵から三メートルほど先に行った切り岸にある。難なく行ければ、すぐ帽子を取って戻ってこられる程度だった。

文也は頷き、膝を震わせながら柵を乗り越えようとした。

「行ったらダメ！」

由香利が言って止めようとしたが、

「先生、止めないであげて。一生に一回ぐらい良いところを見せないと。せっかく男を上げるチャンスなんだから」

良行が笑って言い、文也も柵を乗り越えた。

師走の風が強く、足がすくんだ。いっそ、引っ掛かっている帽子が飛んで落ちてしまえば怜奈も諦めが付くだろうが、なまじ上手く紐が岩角に引っ掛かっているのである。

彼は斜面の土を何歩か下って膝を突き、へっぴり腰で恐る恐る手を伸ばした。

眼下には切り立った断崖と、下の森が見える。

それでも文也は何とか、帽子のつばを掴んだ。

「乱暴に握らないで」

お嬢さまの怜奈が容赦ない声をかけてきた。

文也は寒風の中、寒さと恐怖でカチカチ歯を鳴らしながら、辛うじて岩角に引っ掛かっている紐を外すと、完全に帽子を手にした。

そして落とさぬようシッカリ帽子を握って後退しようとした時、

「わあ！　危ないぞ！」

良行がわざと大声を上げた。もう大丈夫と思い、最後に驚かせて笑おうというのだろう。

だが同時に激しい突風が吹き、

「うわ……！」

文也は声を洩らし、帽子を抱えたまま宙に舞っていたのである。由香利の悲鳴が遥か遠くから聞こえ、文也は激しい勢いで落下していった……。

——冬月文也は大学一年生。二浪したので十九歳。年が明ければすぐに二十歳だった。

実家は鎌倉にあり、今はここ西東京にある大学近くのアパートに住んでいた。

子供の頃から大人しくて影が薄く、もちろん彼女など居たことはなく、童貞喪失どころかファーストキスさえ未経験である。

何とか二十歳までに初体験を、と願っていたが、もう誕生日まで半月を切っていたし、何ら積極的に努力したこともないので無理だろう。

それでも性欲は強く、講師で二十九歳になるメガネ美女の由香利や、今も心配そうにしてくれていた同じ一年生、まだ十八歳の美少女、一条美樹《いちじょうみき》の面影でオナニーしまくっていたが、最も多く妄想していたのは、わがまま令嬢の白川《しらかわ》怜奈であった。

怜奈は三年生の二十歳だが、その美貌と高慢さは少女マンガから抜け出したようだった。

父親は大手文具メーカー『シラカワ』の社長で、実は腰巾着の悪ガキたち、浅井《あさい》良行も結城《ゆうき》正孝も、そこへの就職が内定しているから怜奈を信奉し、逆に手は出せないという微妙な均衡を保っていた。

怜奈のお高い雰囲気と颯爽たる容姿は、意地が悪いにもかかわらず文也は、美しい由香利や可憐な美樹以上に妄想オナニーでお世話になっていたのだった。

（何も良いことがないまま死ぬのか……）

とにかく落下しながら文也は、せめて死ぬ前に怜奈の匂いを嗅ごうと帽子の中に顔を突っ込み、肌を切る風の中で甘い匂いを吸い込んだ。

すると、こんな最中なのに胸に沁み込んだ甘い刺激が、無垢な股間に伝わっていった。

（え……？）

ふと文也は変に思い、周囲を見回した。いつまでも意識はあるし、地上に激突もしないからだ。

気づくと、自分は空中に静止しているではないか。

（う、浮いてる……。いや、移動も出来る……）

文也は宙に浮いたまま、思うように身体が移動できることに気づいた。

（と、飛べる……、そんなバカな……）

彼は思いながら見上げると、昇りはじめたばかりの満月が目に入った。

（月の力……、まさか……）

文也は、とにかく断崖を迂回して飛び、再び展望台に戻っていった。

すると一行が、みな柵を摑んで呆然と崖を見下ろしていた。

「浅井君、あなたが殺したのよ。もう就職は無理ね」

怜奈が、また容赦ない言葉を良行に投げかけていた。

「だ、だって、もう安全と思ったからギャグのつもりで大声を出しただけだ。偶然強い風が吹くなんて思わないし、あいつがモタモタしているから勝手に落ちただけだろう……」

良行も、さすがに声を震わせながら答えた。

「とにかく、早く警察か病院に電話を……」

由香利が言ってバッグのスマホを探った時、帽子を持って近づいて来る文也を見つけた。

「ひいい……！」

由香利が息を呑み、全員が振り返って文也を認めた。

「ご心配かけました。すぐ下にある小道に落ちて、こちらへ回り込めるようになっていました」

文也は笑って言い、怜奈に帽子を返すと、彼女も震えながら受け取った。

「こ、この野郎……、俺のせいになっていたんだぞ！」

安堵とともに怒りが押し寄せたようで、良行が言って殴りかかってきた。

それを軽く躱《かわ》し、文也は怜奈に向かって言った。

「何でも言うことを聞くという約束を果たしてもらいますね」

彼は自分で、こんなに堂々と女性に話しかけるのは初めてだと思った。しかも良行の激しいパンチを紙一重で避けているのである。

どうやら死線を越えて、人が変わったのかも知れない。

「そうね。白川さんの言葉は、みんなが聞いていたことだから守らないと」

由香利も、気を取り直して言った。

「そ、そんな……」

良行と正孝も気の抜けた声を洩らし、怜奈も青ざめていた。

「さあ、もう暗くなるから帰りましょう」

由香利が言うと、一行も展望台の階段を下りはじめた。

文也は、また満月を見上げながら思った。

(月の引力……？)

幼い頃から、月を見るのが好きで、何となく懐かしい気がしたものだった。引力という言葉も、ふと浮かんだだけで特に根拠はない。しかし、何やら彼は落下した時、月の引力に救われたような気がしていた。

さらに地球の引力も自在に操り、落下する方向以外に引っ張られる意識で、自由に宙を跳べた気になっていたのである。

やがて下の駐車場まで降りると、良行と正孝はバイクの二人乗りで帰り、由香利は自家用車で美樹と数人の学生を送ることになった。

そして文也は、マイカーで来ていた怜奈に送ってもらうことにしたのだった。

2

「あ、そこのアパートです。隣の空き地は大家のものだから停めて構いません」

「送るだけじゃないの？」

助手席から指示すると、怜奈が不満そうに言った。

文也は車内に籠もる甘い匂いに股間を熱くさせ、もう物怖じすることもなく彼女に答えていた。

「もちろん、願いは一つとは言ってませんでしたからね、何でも聞いてもらいます。とにかく中へ」

車が停まると文也は言って降り、怜奈も不承不承降りてきた。

アパートは二階建てで、上下二所帯ずつ。文也は一階のドアを開け、彼女を招き入れた。

六畳一間に万年床、机と本棚にテレビ。狭いキッチンに冷蔵庫と、あとは押し入れとバストイレだけ。もちろん女性が入ったのは初めてのことだが、流しも綺麗にしてあった。

「嫌な匂い。汚いお部屋……」

「すみません。整頓はするけど掃除はたまですから。まあ男の一人暮らしなんてこんなものです」

文也は答え、暖房を入れてブルゾンを脱いだ。怜奈も頬を強ばらせてコートだけ脱ぎ、椅子に座った。

お嬢さまらしいワンピースにセミロングの黒髪。不潔な部屋の中に、甘く上品な匂いが立ち籠めはじめた。

「それで、何をするの」

「もちろんセックスの初体験です」

彼が言うと、怜奈は眉をひそめた。

「こんな部屋で、あなたなんかと初体験を？」

「そうです。でも律儀に約束を守るつもりなんですね。わがままで何のかんのと言って反古《ほご》にするかと思ったのに」

「自分でも分からないわ。何か逆らえない力があるみたいに……」

怜奈が、不思議そうに彼を見つめて言った。

文也も、堂々と彼女と視線を合わせ、言いたいことを言っている自分に驚いたが、やはり崖から落ちた時に変わった、もしくは眠っていた力に目覚めたのかも知れない。

何しろ空が飛べるのだから、他にも色々と超人的な能力があるに違いなく、怜奈が逆らえないのもその一つかも知れなかった。

「怜奈さんも初体験と言ったけど、まさか、まだ？」

「ええ、高校時代に悪戯でキスしたぐらいはあるけどセックスは何だか恐くて、いつも途中で止めさせていたの」

彼女が言った。どうやら奇跡的に、二十歳で処女らしい。逆に高慢なだけに相手を吟味し、途中で嫌なら中断させ、相手も逆らえない立場の男ばかりだったのだろう。

「とにかく脱いで寝て下さい」

「シーツを替えて。シャワーも浴びたいわ」

「どちらもダメです」

「どうして」

怜奈が、眉と目を吊り上げて言った。きっぱり断られるのは初めてなのかも知れない。

「シーツは替えが洗濯中なのと、初体験なので女性のナマの味と匂いが知りたいからです」

文也は言い、せめて洗濯済みのタオルを出して枕にかぶせた。

「変態ね……」

「何とでも言って下さい。でも、本当に嫌なら帰る選択もありますので」

「その代わり、私を嘘つきと思うのね。私は嘘つきではないわ」

「じゃどうぞ、脱いで寝て下さい」

また言いながら、文也は自分も脱ぎはじめていった。

すると彼女は立ち上がって背を向け、黙々とワンピースのボタンを外しはじめたのだ。

(とうとう出来るんだ。妄想オナニー最多出場の令嬢と……!)

文也は期待と興奮に激しく胸を高鳴らせ、勃起しながらたちまち全裸になっていった。

布団に座って見ていると、もう怜奈もためらいなくワンピースを脱ぎ去り、ブラを外して白く滑らかな背中を見せた。

さらにソックスを脱いで最後の一枚を下ろす時、彼の方に白く形良い尻が突き出された。

とうとう一糸まとわぬ姿になると、怜奈は胸を隠しながら恐る恐る向き直り、布団に横たわってきたのだった。

両手を握って、やんわりと胸から引き離すと、実に形良く張りのありそうな膨らみが息づき、甘ったるい体臭が生ぬるく立ち昇った。

やはり山に登り、そのうえ彼が死んだと思い、かなり全身が汗ばんでいるようだった。

文也は興奮しながら屈み込み、彼女の乳首にチュッと吸い付き、舌で転がしながら顔中を膨らみに押し付けて感触を味わった。

初めて唇で女体に触れたのは、令嬢の右の乳首であった。

「アア……」

身を強ばらせていた怜奈がビクリと反応し、熱く喘ぎはじめた。

文也は充分に舐め回し、もう片方の乳首も含んで念入りに味わった。

両の乳首を堪能すると、彼は怜奈の腕を差し上げ、腋の下にも鼻と口を押し付けていった。

スベスベの腋は生ぬるくジットリと湿り、濃厚に甘ったるい汗の匂いが馥郁《ふくいく》と籠もっていた。

（ああ、女の匂い……）

文也は感激と興奮に包まれながら匂いを貪り、舌を這わせた。

「く……」

怜奈が息を呑み、くすぐったそうに身を強ばらせた。

彼は令嬢の体臭で胸をいっぱいに満たしてから、白く滑らかな肌を舌でたどっていった。

形良い臍を舌先で探り、ピンと張り詰めた下腹に顔を埋め込んで弾力を味わった。しかし肝心な股間は最後に取っておき、腰からムッチリした太腿へ降りていった。

怜奈もされるまま、じっと身を投げ出していた。

文也は令嬢の滑らかな脚を舐め降りたが、脛も実にスベスベで無駄毛は一切なく、さすがに念入りにケアされているようだった。

足首まで行くと足裏に回り込み、踵から土踏まずを舐め、縮こまった指に鼻を割り込ませて嗅ぐと、さすがにそこは生ぬるい汗と脂にジットリ湿り、蒸れた匂いが濃く沁み付いていた。

彼は高慢美女の足の匂いを貪ってから、爪先にしゃぶり付いて順々に指の股に舌を挿し入れて味わった。

「あう……、何するの……」

怜奈が驚いたように呻いて言い、唾液に濡れた指先でキュッと彼の舌を挟み付けてきた。

構わず全ての指をしゃぶり尽くし、文也はもう片方の足指も味と匂いが薄れるほど堪能したのだった。

「じゃ、うつ伏せに」

いったん顔を上げて言い、脚を捻ると怜奈も素直にゴロリと寝返りを打ち、うつ伏せになってくれた。

踵からアキレス腱を舐め、脹ら脛から汗ばんだヒカガミを味わった。

弾力ある太腿から形良い尻の丸みをたどり、ここも谷間は後回しにし、滑らかな腰から背中を舐め上げていった。

ブラの痕は汗の味がし、かなり背中はくすぐったいようで、

「く……」

怜奈が顔を伏せて呻き、クネクネと身悶えた。

文也は肩まで行くと髪に鼻を埋めてリンスの香りを嗅ぎ、さらに掻き分けて、耳の裏側の湿って蒸れた匂いも貪った。

そして舌を這わせると、再び背中を舐め降り、たまに脇腹にも寄り道しながら尻に戻ってきた。

うつ伏せのまま股を開かせて真ん中に腹這い、白く丸みのある尻に顔を迫らせた。指で谷間をムッチリ広げると、奥には薄桃色の可憐な蕾がひっそり閉じられていた。

こんな高慢で気品ある令嬢にも、ちゃんと排泄の穴があるという、当たり前のことすら無垢な文也には大きな発見であり感激に包まれた。

鼻を埋め込むと顔中に張りのある双丘が密着し、蕾に籠もる蒸れた匂いが悩ましく鼻腔を刺激してきた。

文也は貪るように嗅いでから舌を這わせ、細かな収縮を繰り返す襞を濡らし、ヌルッと潜り込ませて滑らかな粘膜を探った。

「あう……、ダメ、変な気持ち……」

怜奈が呻き、キュッと肛門で舌先を締め付けてきた。

文也は舌を蠢かせ、ようやく顔を上げると彼女を再び仰向けにさせた。

そして片方の脚をくぐると、大股開きにさせて熱気と湿り気の籠もる股間に顔を寄せて目を凝らしたのだった。

3

「アア……、は、恥ずかしい……」

怜奈が、股間に彼の熱い視線と息を受け、白い下腹をヒクヒク波打たせて声を洩らした。

今まで挿入以外、途中までなら経験したようだが、足指や尻の穴まで舐められるのは初めてだろう。そしてクンニリングスも含め、それほど多くの体験はないに違いない。

美女の中心部を見ると、恥毛はふんわりと柔らかそうに、ほんのひとつまみほど上品に煙っていた。

割れ目からはみ出す花びらは綺麗なピンクで、しっとりとした蜜に潤いはじめていた。包皮の下からは、小指の先ほどもあるクリトリスが真珠色の光沢を放ちツンと突き立っていた。

とうとう女体の神秘の部分まで来ることが出来たのだ。しかも相手は、何度もオナニーでお世話になっている令嬢である。

もちろん風俗も知らない文也にとって、ナマの割れ目を見るのは初めてだ。ネットで無修正のものを見たことはあるが、やはり画像と現実は段違いである。

もうたまらず、文也は吸い寄せられるようにギュッと顔を埋め込んでいった。

柔らかな茂みに鼻を擦りつけて嗅ぐと、隅々に蒸れて籠もる汗とオシッコの匂いが悩ましく鼻腔を刺激してきた。

(ああ、これが女の匂い……)

文也は胸を満たしながら感激に包まれ、舌を這わせていった。

陰唇の内側に挿し入れ、息づく膣口の襞を掻き回すと、淡い酸味のヌメリで、すぐにも舌の動きがヌラヌラと滑らかになった。

そして柔肉をたどって味わいながら、ゆっくりクリトリスまで舐め上げると、

「アアッ……！」

怜奈がビクッと顔を仰け反らせて喘ぎ、内腿でキュッときつく彼の両頬を挟み付けてきた。

文也はもがく腰を抱えながら執拗にクリトリスを舐めては、新たに溢れる愛液をすすった。さらに指を無垢な膣口に押し当て、そろそろと挿し入れて内壁を擦った。

ヌメリが充分なので、さらに指は奥まで吸い込まれて締め付けられた。

ネットで得た知識で、天井の膨らみ、Gスポットを指で圧迫しながら、なおもクリトリスを舐め回し続けると、

「ダ、ダメ……、アアーッ……！」

たちまち怜奈が声を上げ、ガクガクと狂おしい痙攣を開始しながら彼の顔を股間から激しく突き放した。

どうやら舌と指の刺激だけで、オルガスムスに達してしまったらしい。

文也が指を抜いて股間から這い出すと、怜奈は声もなく身を震わせ、股間を庇うように横向きになって身体を縮めた。

向かいから添い寝して腕枕してもらうと、彼女の喘ぐ口からは熱く湿り気ある息が忙しげに洩れていた。

嗅ぐと、それは甘酸っぱい果実臭が含まれ、さらに濃い刺激が鼻腔の天井に引っ掛かるように沁み込んできた。やはり文也が死んだと思い、口中が乾いて匂いも濃くなっていたのだろう。

もちろん令嬢の吐息だから、もっと濃くても全く問題はなく、むしろ刺激があるほど興奮が増してきた。

そっと唇を重ねて柔らかな感触と唾液の湿り気を味わい、舌を挿し入れて滑らかな歯並びを舐め回した。

これが、文也にとっての記念すべきファーストキスである。

「ンン……」

怜奈は、絶頂の直後だというのに頑なに歯を開かずに呻き、口呼吸を鼻呼吸に切り替えた。鼻から洩れる息は匂いが淡く、少々物足りないぐらいだが、鼻腔に満ちる熱い湿り気が心地よかった。

文也は執拗に怜奈の歯並びと引き締まった歯茎を舐めながら、彼女の手を握って股間に引き寄せた。

すると彼女も、恐る恐る汗ばんだ手のひらにやんわりと包み込み、好奇心が湧いたようにニギニギと動かしてくれたのだ。

「ああ、気持ちいい……」

口を離した文也は快感に喘ぎ、美女の手のひらの中でヒクヒクと幹を震わせながら、彼は怜奈の顔を股間に押しやった。

すると彼女も素直に顔を移動させ、文也が大股開きになると、その真ん中に腹這い、股間に顔を寄せてきた。

セミロングの髪が内腿をくすぐり、股間に熱い視線が注がれた。

余韻から覚めたらしい怜奈が、恐る恐る幹を撫で回し、陰嚢《いんのう》にも触れた。

二つの睾丸をそっと確認し、袋をつまみ上げて肛門の方まで覗き込んだ。

「舐めて、ここから……」

文也は自分でも驚くほど大胆に要求し、自ら両脚を浮かせて抱えた。

すると怜奈も、厭わずに顔を寄せ、尻の谷間を舐めてくれたのである。彼女自身、文也以上に自分の素直さに驚いているかも知れない。

彼女はチロチロと肛門を舐め回し、自分がされたようにヌルッと潜り込ませてくれた。

ディープキスさえ拒んだ清潔な舌が、肛門に入って来たのである。

「あう……！」

文也は妖しい快感に呻き、美女の舌先をキュッと肛門で締め付けた。

怜奈は熱い鼻息で陰嚢をくすぐりながら、内部で舌を蠢かせてくれた。すると勃起したペニスが、内側から刺激されるようにヒクヒクと上下した。

もっと舐めていてもらいたいが、何やら申し訳ない気持ちになって脚を下ろすと、怜奈も自然に舌を引き離し、そのまま陰嚢を舐めてくれた。

睾丸が舌に転がされると、ここも実に妖しい快感があった。

怜奈も股間に熱い息を籠もらせ、袋を生温かな唾液にまみれさせてくれた。

せがむようにペニスをヒクつかせると、いよいよ怜奈が身を乗り出し、肉棒の裏側をゆっくり舐め上げてきた。

滑らかな舌が先端まで来ると、彼女は幹に指を沿え、粘液が滲んでいるのも厭わず、尿道口をペロペロと舐め回してくれたのだ。

さらに張りつめた亀頭をしゃぶり、丸く開いた口でスッポリと喉の奥まで呑み込んできた。

「ああ、気持ちいい……」

文也は喘ぎ、令嬢の口の中で唾液にまみれた幹をヒクヒク震わせた。

「ンン……」

怜奈も熱く鼻を鳴らして吸い付き、クチュクチュと舌を蠢かせてくれた。

文也が感激と快感に包まれながら、思わずズンズンと股間を突き上げると、喉を突かれた彼女も苦しげに顔を上下させ、濡れた口でスポスポと強烈な摩擦を繰り返してくれた。

このまま令嬢の口に射精し、汚したい衝動にも駆られたが、ここはやはり、第一回目の射精は一つになって初体験を果たしたかった。

「い、いきそう……」

絶頂を迫らせて言うと、怜奈の方から噴出を避けるようにチュパッと口を引き離してきた。

「い、入れたい。跨いで入れて下さい」

「私が上……？」

「お嬢さまには、上の方が似合うでしょう」

言うと、彼女もすぐに身を起こして前進し、恐る恐る文也の股間に跨がってきたのだ。

どうやら挿入にはためらいがないようで、これも何か未知の力に操られているのかも知れない。

怜奈も受け身より、自分の意思でしているのだというふうに、自ら唾液に濡れた先端に割れ目を押し付けてきた。そして息を詰めて意を決し、ゆっくり腰を沈み込ませていった。

張り詰めた亀頭がズブリと潜り込むと、あとは重みと潤いに助けられ、ヌルヌルッと滑らかに根元まで嵌まり込んでしまった。

「アアッ……！」

怜奈が完全に座り込み、ピッタリと股間を密着させて喘いだ。

（とうとう童貞を卒業したんだ。しかも二十歳になる直前で……）

文也も、感激と快感に包まれながら感触を味わった。

何とも心地よく、それに温もりとヌメリで今にも漏らしそうになり、懸命に奥歯を噛み締めて暴発を堪えた。

やはり少しでも長く、この快感を味わっていたいのだ。

怜奈もさすがに二十歳だから、破瓜の痛みよりはようやく初体験した安堵感を得たように、目を閉じて感触を噛み締めているようだ。

文也は両手を回して抱き寄せ、僅かに両膝を立てて弾力ある尻を支えた。

まだ動かず、文也は下から再び唇を重ね、舌を挿し入れて滑らかな歯並びを舐めた。

「舌を出して」

唇を触れ合わせたまま囁くと、ようやく彼女もオズオズと舌を差し出した。

4

「ク……、ンン……」

ネットリと舌をからめると、怜奈が嫌そうに眉をひそめて呻いた。

文也は滑らかな舌触りと生温かな唾液を味わうと、膣内のペニスがヒクヒクと歓喜に震えた。

執拗に令嬢の舌を舐め回していると、怜奈が自分から唇を離してきた。

もう一体となっているのに、まだ怜奈は心の隅で、こんな男と初体験をしてしまったという思いがあるのか、唾を吐きたそうにしていたので、

「唾を垂らして」

言うと彼女もすぐに唇をすぼめ、白っぽく小泡の多い唾液をグジュッと吐き出してくれたのだった。

それを舌に受けて味わい、文也はうっとりと飲み込んで酔いしれた。甘美な悦びが胸いっぱいに広がり、彼は快感に任せてズンズンと股間を突き上げはじめてしまった。

「アア……」

怜奈が喘ぎ、彼は熱く湿り気ある吐息を嗅ぎ、そのかぐわしい刺激に高まって股間の突き上げが止まらなくなってしまった。

愛液も豊富なので、すぐにも動きがヌラヌラと滑らかになり、クチュクチュと淫らに湿った摩擦音も聞こえてきた。溢れた分が陰嚢の脇を伝い、彼の肛門の方にまで生温かく流れてきた。

「ね、思い切り唾を吐きかけて」

さらに文也はせがんだ。以前より怜奈を思ってのオナニーは、このように虐げられる妄想が多かったのだ。

すると怜奈もためらいなく、口中に唾液を溜めて口を寄せるなり息を吸い込んで止め、ペッと強く吐きかけてくれたのだ。

濃厚な果実臭の吐息を顔中に受け、生温かな唾液の固まりがピチャッと鼻筋を濡らし、頬の丸みをトロリと流れた。息の匂いに加え、ビネガー臭に似た唾液の匂いも混じって鼻腔を刺激してきた。

「ああ、嬉しい……」

「変態……」

喘いで言うと怜奈も冷ややかに見下ろしながら、その頬は上気して息が弾み、膣内の収縮が活発になっていった。

「い、いってもいい？」

「勝手にいって、早く終えて」

文也が熱く囁くと、怜奈も答えながら無意識に腰を遣いはじめた。どうやら、二十歳の肉体の方が正直に反応しているのだろう。

文也は激しく股間を突き上げて心地よい締め付けと摩擦に包まれ、彼女の喘ぐ口に鼻を押し込んでかぐわしい息を嗅ぎながら、もう我慢できず激しく昇り詰めてしまった。

「く……！」

彼は突き上がる大きな絶頂に呻き、その快感を全身で味わった。

同時に、熱い大量のザーメンがドクンドクンと勢いよくほとばしり、柔肉の奥深い部分を直撃した。

「あう……！」

噴出を感じた怜奈が呻き、まるでザーメンを飲み込むようにキュッキュッと膣内を締め付けた。もちろんオルガスムスではなく、噴出に対する反応と、嵐が過ぎ去った安堵感かも知れない。

文也は心ゆくまで快感を味わい、最後の一滴まで出し尽くしてしまった。

すっかり満足しながら徐々に突き上げを弱めていくと、

「アア……」

怜奈も声を洩らし、力尽きたように肌の強ばりを解いてグッタリと彼にもたれかかってきた。

まだ膣内は息づくような収縮が繰り返され、射精直後のペニスが刺激されてヒクヒクと内部で過敏に跳ね上がった。

そして文也は、怜奈の吐き出す熱い湿り気ある息を嗅ぎ、濃厚な果実臭の刺激で鼻腔を満たしながら、うっとりと快感の余韻に浸ったのだった。

「中に出しちゃった……」

「ピルを飲んでるわ……」

思い出したように言うと、怜奈が小さく答えた。服用は避妊のためではなく、生理不順の解消のためもあると、何かで読んだ気がする。

文也は呼吸を整えながらも、いつまでも胸の激しい鼓動が治まらなかった。それほど、怜奈との初体験は感動が大きく、膣内のペニスは勃起したままであった。

「シャワー借りるわ……」

怜奈が言って股間を引き離し、身を起こしてバスルームへ移動した。

文也も立ち上がってあとから入り、シャワーの湯を出して互いの全身を洗い流した。

「とうとうしちゃったわ。思ってもいない相手と……」

股間を洗うと、怜奈は椅子に座り込んで呟いた。特に出血はなかったようだ。

そんな憂いの様子を見て気の毒とは思わず、文也はムクムクと回復して、再び元の硬さと大きさを取り戻してしまった。

「ね、ここに立って」

文也は彼女を椅子から立たせて言い、自分は床に座り込んだ。

そして彼女の片方の足を浮かせ、バスタブのふちに乗せさせて、開いた股間に顔を埋めた。

湯に濡れた恥毛に沁み付いていた匂いは消え去ったが、それでも柔肉を舐めると新たな愛液が溢れ、ヌラヌラと舌の動きが滑らかになった。

「ああ……、もうダメ……」

怜奈がガクガクと膝を震わせて喘いだ。

「ね、オシッコして。お嬢さまでも出すのかどうか知りたい」

舐めながら言うと、怜奈は驚いたようにビクリと肌を強ばらせたが、拒む様子はなかった。

すでに一線を越えてしまったし、あるいは尿意も高まっていたのだろう。

彼女は息を詰めて、下腹に力を入れはじめてくれた。そして両手で文也の頭に摑まって身体を支えた。

「あう、出るわ……」

怜奈が息を詰めて言うなり、舐めている柔肉が迫り出すように盛り上がり、味わいと温もりが変化し、たちまちチョロチョロと熱い流れがほとばしってきたのだった。

文也は口に受け、感激と興奮に包まれながら喉に流し込んでみた。

すると味も匂いも実に淡いもので、抵抗なく飲み込めるのが嬉しかった。

「アア、変態……」

怜奈は息を詰めて言いながら、さらに勢いを増して放尿した。だいぶ溜まっていたようで、口から溢れた分が温かく胸から腹に伝い流れ、すっかり回復しているペニスが心地よく浸された。

文也は温もりと匂いを味わい、胸を悦びでいっぱいに満たしながら飲み込み続けた。

ようやく勢いが衰えると、間もなく流れは治まってしまった。

彼はドキドキする残り香の中で余りの雫をすすり、なおも割れ目内部を舐め回すと、また新たな愛液が溢れ、オシッコを洗い流すように淡い酸味のヌメリが満ちていった。

「も、もうダメ……」

怜奈が言ってビクリと股間を引き離し、そのままクタクタと座り込んでしまった。それを支えて椅子に座らせてやり、彼はまたシャワーの湯で互いの全身を洗い流した。

立たせて互いの身体を拭き、全裸のまま布団に戻った。

彼女もまだ身繕いする気力もないように、素直に横になった。

「また勃っちゃった」

「もう入れないで……」

「じゃ指でして」

文也は言って腕枕してもらい、怜奈に握ってもらいながら甘酸っぱい吐息を嗅いで胸を高鳴らせた。

怜奈も、そろそろ帰りたいのだろう。ぎこちないながら、ニギニギとリズミカルに愛撫してくれた。

「唾を垂らして……」

ジワジワと絶頂を迫らせながら言うと、怜奈もペニスを愛撫しながら顔を寄せ、クチュッと唾液を吐き出してくれた。

文也は生温かく清らかなシロップで喉を潤し、濃厚な果実臭の吐息を嗅ぎながら、いよいよ高まってきた。

「お口でして……」

言いながら怜奈の顔を押しやると、彼女も素直に移動してくれた。

大股開きになると怜奈は真ん中に陣取るように腹這い、粘液に滲みはじめた尿道口を舐め回し、そのままスッポリと呑み込んできたのだ。言葉や態度とは裏腹に、怜奈も徐々に文也への好意や運命を意識しはじめたのかも知れない。

幹を丸く締め付けて吸い、舌がからみつき、たちまちペニスは令嬢の清らかな唾液にまみれて震えた。

5

「い、いきそう……」

文也は口走り、ズンズンと股間を突き上げると、怜奈も喉を突かれて苦しげに顔を上下させ、スポスポと強烈な摩擦を繰り返してくれた。

たまに、ぎこちなく触れる歯の刺激も実に新鮮であった。

やがて濡れた唇の摩擦を受けながら、とうとう彼は激しく二度目の絶頂を迎えてしまった。

「ああ、気持ちいい……! お願い、飲んで……」

溶けてしまいそうな快感に喘ぎ、文也は声を上ずらせて口走った。

同時に、ありったけの熱いザーメンをドクンドクンと勢いよくほとばしらせると、令嬢の清潔な口を汚す快感も加わった。

「ク……、ンン……！」

喉の奥を直撃された怜奈が呻き、眉をひそめながらも噴出を受け止めてくれたのだった。

文也は小刻みに股間を突き上げながら快感を嚙み締め、心置きなく最後の一滴まで出し尽くしてしまった。

「ああ……」

すっかり満足しながら文也が喘ぎ、突き上げを止めてグッタリと身を投げ出すと、怜奈も動きを止めて股間に熱い息を籠もらせた。

そして亀頭を含んだまま少しためらっていたが、間もなく意を決したように、口に溜まっているザーメンをコクンと一息に飲み干してくれたのである。

「あう……」

喉が鳴ると同時に口腔がキュッと締まり、彼は駄目押しの快感に呻き、怜奈の口の中でピクンと幹を震わせた。

ようやく彼女は口を離し、なおも余りをしごくように幹をニギニギしながら、尿道口に脹らむ白濁の雫までペロペロと舐め取ってくれたのだった。

「アア……、も、もういい、どうも有難う……」

文也は、彼女が抵抗なく飲み込んでくれ、さらに舐めて綺麗にしてくれることの意外さよりも、過敏になっている亀頭を震わせながら呻き、腰をよじることしか出来なかった。

やがて怜奈も舌を引っ込め、残り香に眉をひそめながらも、チロリと舌なめずりして添い寝してきた。

「生臭いわ……、気持ち悪い……」

彼女は言ったが態度は打って変わったように優しく、文也も甘えるように腕枕してもらい、温もりの中で余韻を味わった。

怜奈の吐息を嗅ぐと、特にザーメンの生臭さは残っておらず、さっきと同じ濃く甘酸っぱい果実臭がしていた。

「飲むの、嫌じゃなかった？」

「嫌に決まっているじゃない。それなのに、なぜかしなきゃいけないような気持ちになってしまって……」

訊くと、怜奈は自身の変化に戸惑いながら答えた。やはり文也が目覚めた、何らかの力の影響があるのだろう。

「ね、呼吸が整うまで、いい子いい子して」

さらに言うと、怜奈は優しく胸に抱いた彼の頭を撫でてくれた。

「ああ、幸せ……」

文也はうっとりと言い、童貞を卒業した悦びを嚙み締めたのだった……。

——やがて怜奈は起き上がり、洗面所で口をすすぐこともなく、手早く身繕いをした。文也も身を起こして下着を穿き、普段着で寝巻代わりのジャージ上下を着た。

「じゃ帰るわ」

彼女が言ってコートを羽織り、彼が拾った帽子をかぶって靴を履いた。

見慣れた衣装になると文也は、本当にこの令嬢とセックスし、口内発射までしたことが夢のように思えた。

アパートを出て車まで見送り、

「じゃ気をつけて」

彼が言うと怜奈もエンジンをかけ、軽やかに走り去っていった。

車が見えなくなると文也は部屋に戻り、怜奈の残り香を感じ、夢でなかったことを実感した。

今度は机の下にＤＶＤカメラでも設置し、盗撮できないものかと思った。映像があれば、今後のオナニーライフも充実することだろう。

（いや……）

やはり文也は思い直した。最も難攻不落の怜奈が簡単に落ちてしまったのだから、今後は自分の力を信じ、オナニーなどしなくて済むような女性体験を目指せば良いのである。

そして彼は、自分に宿った力を試してみた。

試みに、宙に浮くよう念じてみると、簡単に身体が浮かんだ。

（やっぱり、自由に飛べるのか……）

文也は思い、畳に降り立って頬をつねってみた。痛みはあるが、力を入れた割りには、それほどでもない。

引き出しから画鋲を出し、恐る恐る手のひらに刺してみた。微かな感覚はあるが痛いほどではない。僅かに針が食い込んで血が滲んだが、舐めてみると一瞬で傷も消え去っていた。

（超人になったのか……？）

文也は窓を開け、空へと飛翔してみた。

年末なのに寒くはない。まるで全身が、適温の空間に包まれているようだ。

夜の町を見下ろし、さらに猛スピードで月見山まで快適に一回りし、さらに中天にある満月に迫った。

月の引力と地球の重力をコントロールして飛べるのだろうか。

地球の中心を正面に想定すると、そちらへ落ちる感じで飛べるのだと思ったが次第に慣れ、いちいち想定しなくても自在に動けるようになった。

（スーパーマン……？　いや、あれはアメリカのものだから、ここはやはり月光仮面と言うべきか……）

思ったが、月光仮面は空は飛べない生身の人間である。

（じゃ何かカッコいい呼び名を考えよう）

文也はネーミングを保留にし、空の散歩を味わった。

猛スピードで飛んでも息苦しくないので、やはりバリヤーのようなものに守られているのかも知れない。

山に降り立ち、力を試そうと岩を殴ってみた。

それほど痛くはないが、岩が砕けるほどの怪力はないようだ。ただ空手をかじっている良行のパンチが簡単によけられたのだから、敏捷性は増しているのだろう。

やがてアパートに戻り、窓から入って戸を閉めた。

そして刻み野菜入りのインスタントラーメンで、遅い夕食を済ませた。

(なぜ急に能力が……)

食事を終えると、あらためてそのことを思った。

鎌倉に住む父親は平凡な会社員だし、母もパートで、超人を生むような要素は感じられなかった。

あるいは、あのとき崖から落ちて死んで、今の自分は幽霊ではないかとも思ったが、ちゃんと生身の怜奈を抱いたのだし、針で刺せば血も滲むのだ。

とにかく文也は疑問を抱えたまま、むしろ超人的な能力に大いなる喜びを感じながら、その日は寝ることにした。

怜奈を思い出してオナニーしたかったが、彼女を相手に二回射精したのだし、今夜はその余韻の中で眠ろうと思った。

興奮で寝られないかと思ったが、間もなく彼は深い睡りに落ちていった。

翌朝、目覚めると文也はまず、宙に浮けるかどうか確認し、夢でなかったことを自覚した。

そして食パンを焼いて朝食を済ませ、シャワーを浴びて大学に行った。

講義を受けたが、特に頭脳が優れているわけでもなく、いつも通りであった。

「おい、あれから彼女に何をした。無理矢理いうことをきかせたのか」

「彼女、今日は休んでいるんだぞ」

講義の合間に、良行と正孝が来て、文也に迫って問い詰めてきた。

「アパートまで送ってもらっただけです」

「ふん、まあそんなところだろう。彼女が無理な頼みをきくわけもないし、お前もセックスを要求するほどの度胸はないだろう」

文也が答えると、二人は薄笑いを浮かべて立ち去っていった。

やがて文也は学食で昼食を取り、午後の講義を終えると、講師の由香利からラインが入った。

文也は、すぐに古代史サークルの研究室に行ってみた。

すると、居たのは由香利だけで、他の部員は来ていなかった。昨日ハイキングをしたので、今日は休みなのだろう。

「ちょっと、お話があるの」

由香利がレンズの奥から、切れ長の眼差しで文也を見つめて言った。

長い黒髪を後ろで束ね、ほっそり見えるが胸も尻も豊かで、白衣でも着れば女医のような雰囲気になることだろう。

文也も、彼女の向かいに腰を下ろして話を聞くことにした。

第二章　上品な熟れ肌

1

「あれから調べたの。今日の午前中も、また月見山へ行って下から崖を見上げてそんな都合の良い小道があるのかどうか」

由香利が、文也を見つめながら言った。

「それで、どうでしたか？」

「なかったわ。だから、今ここで冬月君と話していることが信じられないの」

「じゃ、僕は幽霊だとでも？」

「ええ、触ってもいい……？」

彼が言うと、由香利は頷いて恐る恐る手を伸ばしてきた。

文也がじっとしていると、由香利は柔らかな手のひらを彼の頬にそっと当てて撫でた。

「生身だわ……」

「ええ、つねってもいいですよ」

言うと由香利は、そっと頬をつまんで離した。

「じゃ、本当に助かっているのね。どうしてなのか話して」

由香利の真剣な眼差しを受けながら、文也は股間が熱くなってきた。

何しろオナニーの妄想では、怜奈の次に多くお世話になっている、十歳年上の美人講師だ。

だから初体験は無垢らしい怜奈ではなく、多少なりとも経験があるであろう由香利に手ほどきを受けたいという妄想が多かったのである。

「二人だけの秘密にしてくれるなら」

「ええ、もちろんよ」

念を押すように言うと、由香利も好奇心と興奮に身を乗り出して頷いた。

「月の力に助けられたんです」

「月の……？　どうしてそう思うの。詳しく話して」

「実は崖から落ちて死んだかと思った時、ふと満月が目に入った途端、身体が宙に浮きました」

「……」

「そして空中を飛べるようになって、崖を迂回して皆のところへ戻ったんです」

文也は言い、由香利が「信じられないわ」と言うだろうと思っていたのに、彼女はまじまじと熱く彼を見つめるばかりだった。

「信じてくれますか？」

「すぐには無理よ……、でも、思い当たることが……」

由香利が言い、今度は文也が身を乗り出した。

「月は、エイリアンの作った乗り物で、遠くの星から来て太陽系を調査していたけど、それが空を飛ぶ能力を持った種族のエイリアンだって」

「月が人工物？　どこにそんなことが書かれているんです？　月は地球の子供とばかり思っていましたが」

文也は言い、ふと、地球外妊娠という言葉が浮かんだが、由香利が真剣なので言うのを止めた。

「多くあるわ。そもそも太陽と月の大きさは全く違うのに、地球から見てどちらも同じ大きさに見えるという奇蹟は、作り物でない限り有り得ないわ。かぐや姫も、月に住んでいた仲間が迎えに来たものだし」

「確かに、空飛ぶ乗り物で迎えに来ましたからね」

文也は答え、自分はもしかしてかぐや姫の子孫ではないかと思った。それほど月を見ると懐かしい気持ちになるのである。

「空を飛ぶ伝説の人も多いわ。インドの人で、法道仙人というのは空を飛んで日本に来たと言うし、役小角《えんのおづぬ》は空を飛んだり海を歩いたと言われているし、幻術使いの加藤段蔵《かとうだんぞう》は、飛び加藤と異称されている」

「……」

「しかも、妊娠中の女性の腹に月が入って偉人を生むという言い伝えがあるし、神功《じんぐう》皇后は妊娠中に月読《つくよみ》神社の月延石《つきのべいし》を腹に当てていたとも言うし、空を飛ぶ女性には飛天女、羽衣伝説などがあるわね」

「はあ、理由や原因は分かりませんが、とにかく飛べるんです」

文也が言うと、由香利は再び彼に目を凝らした。

「ここで浮かんでみて。それが一番早いわ」

「いいえ、驚いて運転できなくなりますから、まず由香利先生の家に行って、そこでお見せしましょう」

「私の家へ？」

「ええ、秘密を共有するのですから、多くの人がいる大学よりその方が」

文也は勃起しながら言った。

「分かったわ。もう今日は何も用事がないから」

由香利もすぐ決心し、立ち上がってコートを羽織った。

一緒に建物を出て駐車場へ行き、文也も彼女の車の助手席に乗り込んで期待に胸を高鳴らせた。

すぐに由香利はスタートさせ、ものの十分ほどでマンションに着いた。

彼女は、昨夕に文也が怜奈に、何でも言うことをきいてもらうという話には触れなかった。どうせ由香利も、文也が怜奈に送ってもらっただけと思い込んでいるのだろう。

エレベーターで六階まで上がり、部屋に招き入れられるとそこは一人暮らしの2LDK。広いリビングにキッチン、あとは書斎と寝室のようだ。

もちろん女性の部屋に入るのは、文也は初めてである。

「来るような彼氏はいないんですか？」

「春に彼の転勤で別れたのよ。遠くに住むようになって自然消滅」

訊くと由香利が答え、コートを脱いで掛け、茶も入れずにソファに座った。

「見せて」

すぐにも本題に入ってきたので、文也もブルゾンを脱ぐと彼女の前に立ち、ふわりと宙に浮いて見せた。

「ひい……！」

由香利が目を見開いて息を呑み、ビクリと肩をすくめた。

本当は文也も、自分だけの秘密にしておいた方が良いのかも知れないが、やはり物知りの由香利に相談したかったし、彼女なら秘密は守ってくれることだろうと思ったのだ。

「ほ、本当に……？」

由香利は声を震わせて言い、浮いている彼の足元や、自分の部屋なのに何かで吊られていないか天井を見たりした。

「浮かぶだけ……？」

「いえ、自由に飛び回れます」

言われて、文也は答えながらリビングの中の天井近くをグルッと回ってから着地した。

「し、信じられないわ……」

由香利は身を強ばらせて言った。数々の不思議な文献は知っていても、やはり目の前で現実として見るインパクトは絶大のようだ。

「じゃ、秘密を守る約束に、契《ちぎ》りを結びたいんですが」

文也は、痛いほど股間を突っ張らせながら言った。

「わ、私とセックスをしたいの……？　冬月君は白川さんが好きなのでしょう」

「ええ、でも童貞だし、彼女とは何もないので、由香利先生に手ほどきされるのが願いですので。それに日頃から先生は僕を庇《かば》ってくれていたし。でも、もちろんどうしても嫌なら諦めますので」

彼は、無垢なふりをして答えた。

「い、嫌じゃないわ。私も、普通とは違う伝説の男性としてみたいと願っていたから……」

由香利は、自分に言い聞かせるように答えた。彼が好みでなくても、好奇心と知識欲が旺盛な彼女は、超人というだけで食指が動いたようだ。

「じゃ脱ぎましょうか」

「シャワーを浴びたいわ。月見山へいって一人で歩き回ったので……」

「僕は綺麗にしてきましたので、どうか今のままでお願いします。先生のナマの匂いも知りたいし」

文也は脱ぎはじめながら、寝室に移動して答えた。

すると由香利も、拒めなくなったように小さく頷いて従い、黙々とブラウスのボタンを外しはじめてくれた。

寝室は六畳ほどの洋間で、ベッドと鏡台、作り付けのロッカーがあるだけで、生ぬるく甘ったるい匂いが立ち籠めていた。

先に手早く全裸になり、布団をめくってベッドに横たわると、枕には由香利の化粧や髪の匂い、汗や涎などの混じった匂いが悩ましく沁み付いて、その刺激が鼻腔からペニスに伝わってきた。

由香利も、ためらいはないが羞恥と緊張に息を震わせ、やがてブラを外すと、思っていた以上の巨乳が弾けるように露わになって弾んだ。

そして室内に籠もる匂いに加え、新鮮な彼女の体臭が甘ったるく混じって揺らめいた。

由香利も最後の一枚を脱ぎ去り、外したメガネを枕元にコトリと置いて添い寝してきた。

メガネを外した素顔も実に整い、地味だった印象が一転して華やかな美女になった。何やら初対面の女性に会うようだが、彼はしばし素顔を見て味わってから再びメガネをかけてもらおうと思った。

やはり、日頃見慣れている顔の方が興奮が増すのである。

2

「アア……、冬月君とするなんて夢にも……」

文也が肌をくっつけると、由香利が息を弾ませて言った。それは、昨夜の怜奈も全く同じ気持ちであっただろう。

文也は移動し、まずは彼女の足裏に顔を押し付けていった。

「あう、そんなところから……」

由香利は驚いたように呻いたが、激しく拒みはしなかった。

彼は舌を這わせ、形良く揃った指に鼻を割り込ませて嗅いだ。

やはり歩き回っただけあり、そこは生ぬるい汗と脂にジットリ湿り、蒸れた匂いが濃厚に沁み付いていた。

文也は胸を高鳴らせながら、美人講師の足の匂いを貪り、充分に鼻腔を満たしてから爪先にしゃぶり付いていった。

「アアッ……、汚いからダメ……」

順々に指の股に舌を挿し入れて味わうと、由香利が熱く喘ぎ、ガクガクと脚を震わせた。彼は両足とも全ての指の間を舐め回し、味と匂いが薄れるほど貪り尽くしてしまった。

昨日、高嶺の花だった怜奈を味わい、すぐ今日には憧れの講師とこうしているのだから、これはやはり急に目覚めた力によるものなのだろう。

文也は感激と興奮に包まれながら、由香利を大股開きにさせ、脚の内側を舐め上げていった。

白くムッチリした内腿をたどり、熱気の籠もる股間に顔を迫らせて、中心部に目を凝らした。

丸みのある丘には黒々と艶のある恥毛がふんわりと茂り、割れ目からはみ出す花びらはすでにネットリと潤いはじめていた。

そっと指を当てて陰唇を左右に広げると、微かにクチュッと湿った音がして中身が丸見えになった。

柔肉はヌメヌメと潤う綺麗なピンクで、花弁状に襞の入りくむ膣口が妖しく息づき、ポツンとした尿道口の小穴もはっきり確認できた。

包皮を押し上げるように突き立ったクリトリスは、怜奈より大きめで亀頭をミニチュアにした形をし、鈍い光沢を放っていた。

「アア……」

由香利が、彼の熱い視線と息を感じて喘ぎ、白い下腹をヒクヒク波打たせた。

文也も溜まらず、吸い寄せられるようにギュッと顔を埋め込み、柔らかな恥毛に鼻を擦りつけて嗅いだ。

やはり甘ったるい汗の匂いが濃厚に沁み付いて鼻腔を刺激し、それに愛液の生臭い成分も混じって胸に沁み込んできた。

彼は匂いを貪りながら舌を這わせ、淡い酸味のヌメリを掻き回し、膣口の襞からクリトリスまでゆっくり舐め上げていった。

「ああッ……！」

彼女がビクッと顔を仰け反らせて喘ぎ、内腿でキュッと彼の顔を挟み付けた。

文也は腰を抱え込み、執拗にチロチロとクリトリスを舌先で弾いては、匂いに酔いしれながら溢れる愛液をすすった。

さらに彼女の両脚を浮かせて尻に迫ると、白く豊満な双丘が逆ハート型に息づき、谷間にはひっそりとピンクの蕾が閉じられていた。

収縮する襞を眺めて瞼に焼き付けてから、舌先でチロチロとくすぐって襞を濡らし、ヌルッと潜り込ませて滑らかな粘膜を探ると、

「く……、そこダメ……」

由香利が息を詰めて呻き、キュッと肛門できつく舌先を締め付けてきた。

文也が中で舌を蠢かせると、鼻先にある割れ目からは新たな愛液が泉のようにトロトロと湧き出してくるのが見えた。

ようやく脚を下ろし、再び割れ目に舌を這わせて大量のヌメリを味わい、クリトリスに吸い付くと、

「お、お願い、入れて……」

由香利が声を上ずらせて懇願してきた。

「ナマで大丈夫？」

「構わないわ、中に出して……」

彼女が答え、文也も彼女の股間から顔を上げて身を起こした。

「入れる前に舐めて濡らして、メガネをかけて」

文也が言って彼女の胸に跨がると、由香利も枕元のメガネをかけてくれ、いつもの知的な表情に戻った。

股間を突き出し、前屈みになると、彼女も顔を上げて粘液の滲む尿道口を舐め回し、張り詰めた亀頭をくわえてくれた。

彼も深々と押し込み、美女の口の中のヌメリと温もりに包まれながらヒクヒクと幹を震わせた。

「ンン……」

由香利も熱い鼻息を漏らして呻き、幹を丸く締め付けて吸い、口の中ではクチュクチュと舌をからめるように蠢かせてくれた。

「ああ、気持ちいい……」

文也は生温かな唾液にまみれた幹を上下させて喘ぎ、やがて充分に高まるとペニスを引き抜いた。そして再び彼女の股間に戻り、正常位でペニスを進め、先端を濡れた割れ目に押し付けていった。

童貞の戸惑う演技をしなくても、夢中な由香利は気づかないようだった。

先端を膣口に押し当てると、彼は息を詰めて感触を味わい、ゆっくりと挿入していった。

急角度にそそり立ったペニスが、ヌルヌルッと滑らかに根元まで潜り込むと、

「アアッ……、いいわ……！」

由香利は顔を仰け反らせて喘ぎ、久々の男を味わうようにキュッキュッときつく締め付けてきた。

文也も温もりと感触を味わいながら股間を密着させ、抜けないようそろそろと両脚を伸ばして身を重ねていった。すると彼女も両手を回し、下から激しくしがみついてきた。

まだ動かずに屈み込み、彼は息づく巨乳に顔を埋め込んだ。

乳首を含んで舌で転がしながら、顔中を押し付けて弾力を味わうと、待ちきれないように由香利がズンズンと股間を突き上げはじめた。

文也も、両の乳首を交互に味わい、充分に乳首を舐め回してから合わせて腰を遣った。

さらに腋の下にも鼻を埋め込み、濃厚に甘ったるい汗の匂いを嗅ぐと、さらに興奮が増して腰の動きが速くなった。

大量の愛液で律動がヌラヌラと滑らかになり、文也は肉襞の摩擦と収縮に高まっていった。動きに合わせてピチャクチャと淫らな音が聞こえ、揺れてぶつかる陰嚢も生温かく濡れた。

そして文也が上からピッタリと唇を重ねると、

「ンン……」

由香利も熱く鼻を鳴らし、ネットリと舌をからめてきた。

彼は生温かな唾液にまみれ、滑らかに蠢く美女の舌を味わい、次第に股間をぶつけるように突き動かすと、

「い、いきそう……」

由香利が口を離し、淫らに唾液の糸を引いて喘いだ。

開いた口に鼻を押し込んで湿り気ある息を嗅ぐと、それは花粉のように甘い刺激を含んで悩ましく鼻腔を掻き回してきた。

文也は吐息と唾液の匂いに酔いしれ、収縮が活発になる膣内で、自分も絶頂を迫らせていった。

すると、由香利が実に意外なことを言ってきたのだ。

「一緒に、浮かべない……？」

「や、やってみましょう」

言われて、文也もその気になった。すると由香利がシッカリと両手を回し、さらに彼の腰にまで両脚を巻き付けてきたのである。

そして浮くよう念じると、二人はゆっくりと宙に浮かび上がったのだ。

それほど力も要らず、彼女の全体重を支えているような苦痛はなかった。

「アア……、う、浮いているわ……」

由香利も声を上げ、さらにキュッキュッと締め付けてきた。

文也は浮遊感の中、ベッドの真上で互いの上下を入れ替えてみた。

すると、正常位も女上位も思いのままで、上になり下になり、なおも二人は互いの股間をぶつけ合った。

互いの背中のどちらもベッドに触れず、身体を支えるものがないから律動もぎこちなかったが、抜けることもなく次第に二人も慣れて激しく動けるようになってきた。

文也が下になると、彼女に唾液を垂らしてもらい、うっとりと喉を潤した。

そして高まりながら、もうどちらが上か下か、縦か横かも分からないまま、とうとう文也は昇り詰めてしまった。

「く……、気持ちいい……」

文也は、突き上がる大きな絶頂の快感に全身を貫かれながら呻いた。

同時に、熱い大量のザーメンをドクンドクンと勢いよく柔肉の奥にほとばしらせたのだった。

3

「あう、感じるわ、いく……、アアーッ……！」

噴出を感じた途端、由香利もオルガスムスのスイッチが入ったように声を上ずらせ、ガクガクと狂おしい痙攣を開始した。

溢れる愛液が互いの股間をビショビショにさせ、上下が入れ替わるたび重力で様々な方向にトロリと愛液が滴った。

やはり初体験だった怜奈と違い、文也は大人の女性の激しい絶頂に圧倒される思いだった。

膣内はザーメンを飲み込むように断続的に締まり、文也は心ゆくまで摩擦快感を味わい、美女のかぐわしい吐息を嗅ぎながら最後の一滴まで出し尽くした。

そして力を抜いて満足しながら、今度は自分が下になってゆっくりとベッドに降りていった。

「アア……、こんなの初めて……」

上になった由香利が声を洩らし、遠慮なく体重を預けながらグッタリと肌の硬直を解いていった。

まあ宙に浮いて果てるなど、誰もこんな体験はしたことがないだろうから初めてには違いない。そして彼も、シッカリ抱いていれば一緒に飛べることを発見して胸が弾んだ。

まだ膣内は名残惜しげな収縮が繰り返され、刺激されるたび過敏になった幹がヒクヒクと内部で跳ね上がった。

文也は彼女の重みと温もりを受け止め、花粉臭の刺激を含んだ吐息を間近に嗅ぎ、うっとりと余韻を味わった。

「して良かった……、力が抜けて起きられないわ……」

「バスルームまで運びましょうか」

「お願い……」

彼女が言うので、文也は再び念を込めて繋がったまま宙に浮かんだ。

そして洗面所まで行くと股間を引き離して身体を縦にし、そっと彼女の足を床に着けさせた。

「ああ、楽で便利だわ……」

由香利は言って、外したメガネを洗面所に置き、バスルームに入ってシャワーの湯を出してくれた。

互いの全身を洗い流しても、彼女は椅子に座ったまま立ち上がれず、たまに思い出したようにビクッと肌を震わせていた。

「オシッコ出る？」

「出ないわ。どうするの……」

「出るところ見たいし、肌に浴びせてもらいたい」

「無理よ、見られながらなんて絶対に……」

由香利は嫌々をして答えた。

まあ今は大きなオルガスムスの余韻に浸って、放尿どころではないだろうから文也もまたの機会に頼むことにした。

「また勃っちゃった……」

「もう今日は堪忍。本当に動けなくなってしまうわ。お口でならしてあげる」

勃起したペニスを鼻先に突き付けて甘えるように言うと、由香利が答えて唇を寄せてきた。

文也はバスタブのふちに腰を下ろし、彼女の顔の前で両膝を開いた。

由香利もすぐに張り詰めた亀頭にしゃぶり付き、熱い鼻息で恥毛をくすぐりながら、上気した頬をすぼめて吸った。

口の中では舌が蠢き、さらに顔を前後させ、濡れた唇でクチュクチュとリズミカルに摩擦してくれた。

「ああ、気持ちいい……」

文也は快感に喘ぎ、由香利の口の中で最大限に膨張しながら高まっていった。

見下ろすと、モデルのような美女がお行儀悪くチュパチュパと音を立ててペニスを貪っているのだ。

メガネもかけて欲しかったが、もう絶頂が迫っているので間に合わず、彼もこのままフィニッシュを迎えることにした。

「あう、いく……！」

文也は、美女の唇の摩擦と吸引の中で呻き、激しく昇り詰めてしまった。同時に、ありったけの熱いザーメンが勢いよくほとばしった。

「ウ……」

喉の奥を直撃された由香利が呻き、それでも吸引と舌の蠢き、強烈な摩擦を続行してくれた。

「ああ……」

文也は快感に喘ぎ、美女の口の中で何度もザーメンをピュッと脈打たせた。

まるで余りのオシッコを絞り尽くすような収縮を繰り返しては肛門を引き締め、熱い雫を彼女の口の中で一滴余さず出しきった。

ようやく気が済んで硬直を解き、彼が太い息を吐くと、由香利も動きを止め、亀頭を含んだままゴクリと飲み込んでくれた。

「く……」

文也は、キュッと締まる口腔で駄目押しの快感を得ながら呻いた。

ようやく由香利も口を離し、濡れた尿道口をペロペロと丁寧に舐め回し、雫を拭い取ってくれた。

「あう、もういいです、有難うございました……」

文也が過敏に反応しながら言うと、由香利も舌を引っ込め、シャワーの湯を出して彼の股間を洗い流してくれた。

そして立ち上がって身体を拭き、二人でバスルームを出た。

「アア、まだ身体中から力が抜けているわ……」

由香利が満足げに言い、もう一度寝たいところだが、あまり裸体でいると文也がまた催すといけないと思ったのか、何とか身繕いをしてメガネをかけた。

文也も服を着て、帰ることにした。

「送れないわ。自分で帰ってね」

「ええ、窓から飛んで帰ります」

彼女が言うので文也は答え、玄関から靴を持ってきてベランダに出た。

「だ、大丈夫なの？　本当に」

由香利が心配そうに言いながらも、好奇心に目をキラキラさせた。

「ええ、まだ明るいので人に見られないよう猛スピードで行きますので」

「そんなすごいことが出来るの……？」

「はい、じゃまた大学で」

スニーカーを履き、ブルゾンを羽織った文也は言い、フワリと浮いて手すりに乗り、そのまま宙に飛翔した。

後ろで息を呑む由香利の気配が瞬く間に遠ざかり、彼は風を切って進んだ。

あまりに爽快なので、真っ直ぐアパートへ帰る気がせず、文也は迂回して山の中腹にある怜奈の家に行ってみることにした。

何しろ昨日初体験をし、今日は大学を休んでいたのが気になり、さっきラインをしたが返信がなかったのである。

白川家は大きな洋風建築で、都下郊外の中でも群を抜いて聳《そび》え立つ白亜の大豪邸であった。

人目に付かないところを探すまでもなく、彼は門前の木々の中に降り立った。

そして鉄扉の脇にあるインターホンを押すと、お手伝いらしい女性の声が返ってきた。

「怜奈さんの友人で、冬月と申しますが」

「お待ち下さい」

言うと彼女が返事をし、少し待つうちに電動の鉄扉が左右に開いた。

文也が入って屋敷の入り口に向かっていると、ドアが開いて女性が出てきた。

出迎えと言うより、どこかへ出かけるようなスーツ姿で、髪をアップにした四十前後の美女である。

文也はシラカワのホームページで見たことがあり、彼女を知っていた。

副社長の白川美佐江《みさえ》、怜奈の母親である。二十歳の娘がいるにしては若いが、十八で一回り上の若社長に見初められて嫁いだので、まだ三十九歳。

「こんにちは、冬月文也さんね」

「はい、初めまして」

名を知っていると言うことは、怜奈が話したようだった。

「怜奈さんがお休みしたので、携帯も通じず心配になって」

「そう、別に病気じゃないわ。今は青梅の別宅にいてノンビリしているの。ご一緒にどうぞ」

美佐江が優雅に言い、彼を駐車場のベンツに招いた。

「怜奈がすごく喜んでいたわ。やっと本気でお付き合いする男性が現れたって。文也さんのこと、ずいぶん嬉しそうに話すの」

「え、いや……、つまらなそうな男でガッカリなさったでしょう」

「とんでもないわ。真面目そうで優しそうで、私が思っていた通りの人よ」

美佐江は言い、文也もベンツに乗り込もうとした。

すると、そのとき一台のバイクが門前に止まり、二人がヘルメットを脱いだ。良行と正孝で、やはり怜奈を心配して来たようだった。

「まあ、浅井さんに結城さん。残念ですけど怜奈はいないわ。私も文也さんとお出かけするので、今日は済みません」

美佐江が言い、構わず運転席に乗り込んでエンジンをかけ、文也も二人に会釈だけして助手席に入った。

良行と正孝はシラカワへの就職が決まっているので、ホームパーティなどに招かれたこともあり、それで美佐江もよく知っているのだろう。

「で、では失礼します」

二人は戸惑いながら言い、文也が美佐江と親しげにしていることに嫉妬の眼差しを向け、またヘルメットをかぶって二人でバイクに乗り、Uターンして先に山を下っていった。

そして後から、美佐江は車をスタートさせて門を出た。

4

「怜奈はわがままで、何でも手に入ると思い込んでいるので、もし手に余ったら叱って下さいね」

ハンドルを操りながら、美佐江が文也に言う。

「いえ……」

文也は曖昧に答えた。とにかく怜奈は、外では高慢だが、家庭では何でも素直に母親に話すらしい。

「でも、昨日の月見山のハイキングは、余程思い出に残ったのね。今までも、良いことがあると青梅の家に行ってぼうっとすることがあったのよ」

美佐江が言い、まだ文也と怜奈が深い仲になったとは知らないようだった。

青梅の家というのは、先々代の隠居所だった別荘らしい。

それより文也は、良行と正孝が、どこかで待ち伏せしてベンツを追ってくるのではないかと気にしていたが、どうやらそんな心配もなく、二人はふて腐れてさっさと帰ったのだろう。

そして美佐江は運転しながら、何かと文也の家や将来の希望のことなどを、さりげなく訊いてきた。自分も結婚が早かったから、そうした先のことが気になるようだった。

「それで文也さんは、今まで付き合った女性は」

「いえ、誰もいません。見た通りモテないタイプですので」

「そう、何も知らない同士では良くないわね……。ね、あそこへ入ってもいいかしら?」

美佐江が言い、前方にあるモーテルを指した。そして返事も待たず、モーテルの駐車場に入れてしまった。コテージ型で、車庫の上が部屋になり、料金も自動なので誰にも会わずに利用できるようだ。

とにかく車を降りて階段を上がり、部屋に入ると美佐江は少し戸惑いながら、料金の機械に一万円札を入れた。

そんな様子から、入り慣れている感じはしなかった。

「ああ、私こんなところに入ってしまったわ……」

美佐江がふと我に返ったように言い、ベッドと小さなソファしかない室内を見回した。

「私、高校を出てすぐ嫁いだので、主人しか知らないのよ。だから、こんな場所に来るのは初めて。どうしても、怜奈の彼氏がどんな人か知りたくて」

美佐江がモジモジと言い、文也も激しく勃起してきた。

「じゃ、脱ぎましょう。僕も年上の女性に教わりたいので」

また彼は無垢を装って言い、手早く服を脱ぎはじめていった。

由香利としたばかりだが、相手さえ変わればリセットされたように淫気は満々だし、由香利のマンションでシャワーも浴びている。

「ああ、嫌じゃないのね……」

美佐江は言い、自分も脱ぎはじめた。

それにしても令嬢が安アパートで初体験し、その翌日には母親である社長夫人と狭いモーテルで肌を重ねるのだ。

間に美人講師が入っているが、文也は急激に押し寄せてきた女性運に限りない幸福感を覚えた。

そして全裸になり、先にベッドに横になって脱いでゆく美熟女を見た。

顔立ちは怜奈に良く似て整い、透けるような色白で、尻も太腿もボリュームがあり、由香利以上の爆乳であった。

いったん脱ぎはじめるとためらいはなく、美佐江はたちまち一糸まとわぬ姿になって添い寝してきた。

文也は甘えるように腕枕してもらい、息づく巨乳に迫った。

「アア……、こんな若い子とするなんて、恐いけど嬉しいわ……」

美佐江が、感極まったように喘ぎ、ギュッと彼の顔を胸に抱きすくめた。

四十歳を目前にし、どうやら生まれて初めての不倫のようなのだ。しかも一回り上の夫とは、もう夫婦生活など疎遠になっていることだろう。

娘の彼氏が無垢では困るので、手ほどきしようという意図だったらしいが、彼女はあまりの興奮と緊張で身を投げ出し、ただ荒い息遣いを繰り返すばかりなので、文也の方から行動を起こした。

腋の下に鼻を埋め、生ぬるく湿って甘ったるい汗の匂いを嗅ぎながら、爆乳に手を這わせて揉みしだいた。

「ああッ……！」

美佐江がビクリと反応して喘ぎ、彼に手を重ねて強く膨らみに押し付けた。

文也も充分に腋の匂いで胸を満たしてからのしかかり、チュッと乳首に吸い付いて舌で転がした。

顔を押し付けると、まるで搗《つ》きたての餅に埋まるような柔らかさに包まれ、彼は心地よい窒息感に噎《む》せ返った。

左右の乳首を順々に含んで舐め回し、滑らかな熟れ肌を舐め降りていった。

形良い臍を探り、張りのある腹部に顔中を押し付けて弾力を味わい、豊満な腰からムッチリと量感ある太腿をたどった。

美佐江はどこに触れてもビクリと熟れ肌を震わせて喘ぐばかりで、まるで魂を吹き飛ばしているように、何をされても拒まず身を投げ出していた。

脚を舐め降りたが、やはりどこもスベスベの舌触りだった。

足裏も舐め回し、指に鼻を押し付けると、ムレムレの匂いが沁み付いて鼻腔を刺激してきた。

文也は蒸れた匂いを貪り、爪先をしゃぶって全ての指の股に舌を割り込ませて味わった。

「あう……、何してるの……」

美佐江が朦朧となって呻き、ヒクヒクと熟れ肌を波打たせていた。

彼は両足とも味と匂いが薄れるほど堪能し、股を開かせて脚の内側を舐め上げていった。

ムチムチした白い内腿は、思い切り嚙みたい衝動に駆られるほど張りと弾力があり、さらに股間に迫ると、熱気と湿り気が顔中を包み込んできた。

見ると、ふっくらした丘には程よい範囲に恥毛が茂り、肉づきが良く丸みを帯びた割れ目からは、ピンクの陰唇がはみ出し、溢れる愛液がヌラヌラと外まで潤わせていた。

指でそっと広げると、かつて怜奈が産まれ出てきた膣口が濡れて息づき、包皮の下からは小豆大のクリトリスが光沢を放ってツンと突き立っていた。

茂みに鼻を埋めて嗅ぐと、淡い汗の匂いが生ぬるく籠もっているだけだ。外出前に、シャワーを浴びてしまったのかも知れない。

とにかく上品な匂いを貪り、舌を挿し入れて淡い酸味のヌメリを掻き回した。収縮する膣口の襞から、ゆっくりと滑らかな柔肉をたどり、クリトリスまで舐め上げていくと、

「アアッ……!」

美佐江が身を弓なりに反らせて喘ぎ、内腿でキュッときつく彼の顔を挟み付けてきた。

文也はクリトリスを舐め回し、チュッと吸い付いては新たに溢れる愛液をすすり、さらに彼女の両脚を浮かせて尻に迫った。

豊満な尻は実に艶めかしく、文也は双丘に顔中を密着させ、谷間に閉じられたピンクの蕾に鼻を埋めて嗅いだ。

やはり蒸れた汗の匂いが淡く感じられただけだが、彼は湿り気を嗅いでから舌を這わせ、ヌルッと潜り込ませた。

「く……、ダメ……」

美佐江がか細く呻き、キュッと肛門で舌先を締め付けてきた。

文也は舌を蠢かせ、滑らかな粘膜を味わってから舌を離し、左手の人差し指を蕾に潜り込ませた。

さらに右手の二本の指を濡れた膣口に押し込み、前後の穴の内壁を擦りながら再びクリトリスに吸い付いた。

「アア……、き、気持ちいい……」

最も感じる三カ所を愛撫され、美佐江がそれぞれの穴を引き締めた。

彼が小刻みに摩擦しながらクリトリスを吸ううち、指が痺れるほどきつく締め付けられた。

「い、いっちゃう……、アアーッ……!」

とうとう美佐江は、恐らく初めての感覚に昇り詰め、声を上ずらせてガクガクと狂おしい痙攣を開始してしまった。

愛液は潮を噴くように溢れ、あとは声もなく悶えると、やがてグッタリと力を抜いて放心状態になっていった。

ようやく彼も舌を引っ込め、前後の穴からヌルッと指を引き抜いてやった。

膣内にあった二本の指は、攪拌された白っぽく濁った愛液にまみれ、指の間にも膜が張るほどだった。

湯気の立つ指の腹は、湯上がりのようにふやけてシワになり、肛門に入っていた指に汚れの付着はないが、嗅ぐとようやく生々しい匂いが感じられて鼻腔が刺激された。

そして文也は、再び美熟女の爆乳に添い寝していったのだった。

5

「すごかったわ……、何をしたの……」

ようやく息を吹き返した美佐江が力なく言い、文也は再び乳房に手を這わせながらピッタリと唇を重ねていった。

舌を挿し入れ、滑らかな歯並びを舐めると、美佐江も歯を開いて侵入を受け入れてくれた。舌を探ると、彼女も生温かな唾液に濡れた舌をチロチロと滑らかに蠢かせた。

彼は美熟女の唾液をすすり、執拗に舌をからめて味わった。

そしてなおも乳首を弄《もてあそ》んでいると、

「アア……」

美佐江が口を離して熱く喘いだ。開いた口から洩れる吐息は湿り気を含み、白粉のような甘い刺激があった。

彼女の口に鼻を押し込んで胸いっぱいに嗅ぐと、上品な白粉臭と唾液の匂いが悩ましく混じり、うっとりと鼻腔を満たしてきた。

やがて文也は仰向けになり、美佐江の顔を股間に押しやると、彼女も素直に移動していった。

「こんなに勃ってるわ……、こんな年上でも興奮しているのね」

勃起したペニスを近々と見て、美佐江が嬉しげに言い、やんわりと幹を握ってきた。そして顔を寄せると舌を伸ばし、粘液の滲む尿道口をチロリと舐めてくれたのだ。

さらに張りつめた亀頭をしゃぶり、そのままスッポリと喉の奥まで呑み込んでいった。

「ああ、気持ちいい……」

文也は快感に喘ぎ、生温かく濡れた美熟女の口の中で幹を震わせた。

美佐江は根元まで含むと、幹を丸く締め付け、上気した頬をすぼめて吸い付いた。熱い息が恥毛をそよがせ、口の中ではクチュクチュと舌が蠢き、肉棒が温かな唾液にどっぷりと浸った。

小刻みに股間をズンズンと突き上げると、

「ンン……」

美佐江が小さく呻き、新たな唾液をたっぷり溢れさせてくれた。

彼女も顔を上下させ、スポスポと摩擦しはじめると、

「い、いきそう……、跨いで入れて……」

文也は甘えるように言った。

すると彼女もスポンと口を引き離し、顔を上げた。

「上なんて、したことないわ……」

美佐江が言う。どうやら夫は正常位一本で、やはり足指や肛門も舐めないつまらない男のようだ。

手を握って引っ張ると、彼女も意を決して恐る恐る跨がってきた。

そして唾液に濡れた先端に、ぎこちなく割れ目を押し当て、自ら指で陰唇を広げて膣口に位置を定めた。

ゆっくり腰を沈めていくと、張り詰めた亀頭が潜り込み、あとはヌルヌルッと滑らかに根元まで納まっていった。

「アアッ……！」

深々と受け入れた美佐江は熱く喘ぎ、完全に座り込んで股間を密着させた。

彼も、肉襞の摩擦と温もり、締め付けと潤いに包まれながら大きな感激と快感を味わった。

内部でヒクヒクと幹を震わせると、美佐江も密着した股間をグリグリと擦り付け、やがて上体を起こしていられなくなったように身を重ねてきた。

文也は下から両手を回してしがみつき、僅かに両膝を立てて豊満な尻を支え、熟れ肌の温もりと重みを受け止めた。

「しゃぶって……」

彼は舌から言い、美佐子の顔を引き寄せて喘ぐ口に鼻を押し付けた。

すると彼女も興奮と快感に任せ、ヌラヌラと鼻の穴を舐め回してくれた。

「ああ、いきそう……」

文也は、美熟女の唾液と吐息の匂いで鼻腔を刺激されながら喘ぎ、ズンズンと股間を突き上げはじめた。

「アア……、いい気持ち……」

美佐江も喘ぎながら合わせて腰を遣い、溢れる愛液でたちまち摩擦運動がヌラヌラと滑らかになっていった。互いの股間がビショビショになり、ピチャクチャと卑猥な音が響いた。

彼女も、さっき舌と指で果てたことなどなかったかのように膣内を収縮させ、快感を高めていた。やはり愛撫で昇り詰めるのと、男女が一体になるのでは別物なのだろう。

文也も、かつて怜奈が生まれてきた穴に股間をぶつけ、奥まで突きまくりながら絶頂を迫らせていった。

「い、いっちゃう……、アアーッ……！」

とうとう美佐江が声を上ずらせ、ガクガクと狂おしいオルガスムスの痙攣を開始してしまった。

膣内の収縮に巻き込まれ、続いて文也も絶頂に達した。

「く……！」

本日三度目の快感に呻き、彼はありったけの熱いザーメンをドクンドクンと熱れ肉の奥にほとばしらせた。

「あう、熱いわ、もっと……！」

噴出を感じた美佐江が、駄目押しの快感を得て呻き、キュッキュッときつく彼自身を締め上げてきた。

文也も心ゆくまで快感を嚙み締め、最後の一滴まで出し尽くしていった。

満足しながら突き上げを弱めていくと、

「アア……、溶けてしまいそう……」

美佐江もか細く声を洩らし、熟れ肌の強ばりを解いて力を抜くと、グッタリともたれかかってきた。

文也は重みを受け止め、息づく膣内でヒクヒクと過敏に幹を震わせ、甘い刺激の吐息を嗅ぎながらうっとりと余韻を味わった。

「こんなに、感じるように出来ていたのね……」

美佐江が荒い息遣いで囁き、全く後悔の様子はないので文也も安心したものだった。

重なったまま呼吸を整えると、ようやく美佐江が身を起こし、ノロノロと股間を引き離してティッシュを探そうとした。

「このままお風呂へ行きましょう」

文也も起き上がって言い、彼女を支えながらベッドを降り、バスルームへ移動した。シャワーの湯を出して互いの全身を洗い流すと、もちろん彼は脂が乗って湯を弾く熟れ肌を見てムクムクと回復した。

「ね、ここに立って足を乗せて」

文也は床に座って言い、由香利で果たせなかったことを求めた。

そして彼女の片方の足を浮かせてバスタブのふちに乗せさせ、開いた股間に顔を埋めた。

「オシッコして……」

「アア、そんなこと出来ないわ……」

匂いの消えた恥毛に鼻を埋めて言い、割れ目を舐め回すと美佐江が脚を震わせて答えた。

「少しでいいから出して」

文也は執拗にクリトリスに吸い付いてせがみ、新たな愛液が溢れ出した膣口を舐め回した。

「あう、吸ったら漏れちゃうわ……」

美佐江が呻き、柔肉が妖しく蠢いて温もりが増していった。

すると間もなくチョロッと熱い流れはほとばしり、みるみる一条の流れとなって彼の口に注がれてきた。

「ああ……、ダメ……」

美佐江が声を震わせて懸命に止めようとしたが、いったん放たれた流れは止めようもなく勢いを増していった。味も匂いも実に淡く上品で、文也は抵抗なく喉に流し込んだ。

溢れた分が肌を温かく伝ったが、それでピークを越えたか、急激に勢いが衰えて流れは治まってしまった。

彼は余りの雫をすすり、残り香の中で柔肉を舐め回すと、また新たな愛液が溢れて舌の動きが滑らかになった。

「も、もうダメ……」

美佐江が言って股間を引き離し、クタクタと座り込んできた。それを支えて再びシャワーを浴び、支えながら立たせて身体を拭いた。

そして二人で身繕いをしながら、徐々に自分を取り戻す彼女を見た。

「運転、大丈夫ですか？　僕は、今日は青梅へ行くのは止して、一人でバスで帰りますので」

「ええ、怜奈に会わなくていいの？」

「はい、今日はもう胸がいっぱいですので、これで帰ります」

言うと美佐江も頷き、やがて彼女は洗面所で髪と顔を直してから一緒にモーテルを出た。

文也は乗らず、走り出す彼女のベンツを見送ってから、人目のないところで暮れなずむ空へ飛び上がり、アパートへ帰ったのだった。

第三章　性技のヒーロー誕生

1

（あれ？　今の声は確か……）

大学の帰り、文也は公園の方から女の子の声を聞いて、そちらへと入って行った。すると同じ一年生だが、まだ十八歳の美樹が植え込みの前で、良行と正孝に言い寄られていた。

今日も怜奈は大学を休んでいた。

もう間もなく冬休みだし、怜奈は充分に単位を取っているので、青梅でノンビリしているのだろう。

それで二人は、可憐な美樹でも誘おうとしていたようだが、彼女は執拗に迫られて嫌がっていた。

「どうした？」

文也が言って間に入ると、驚きながら美樹がいきなり彼の背に回り込んで袖を摑み、縋り付いてきた。

「何だ、冬月、てめえ！」

良行が目を吊り上げて怒鳴った。

ちやほやする怜奈がいないので苛つき、しかも昨日は文也が怜奈の母親と一緒だったから、モヤモヤが一気に爆発したようだ。

「てめえも就職のため取り入ってるのか」

「はあ、あなた方は取り入っていたんですか。僕はまだ一年だから就職に興味はないです」

文也が笑みを浮かべて言うと、また良行がいきなり殴りかかってきた。

それを軽く避けて美樹に、

「じゃ帰ろうか、送るから」

囁くと彼女も嬉しげに頷いた。

「待てよ、こら。上級生を小馬鹿にしやがって」

良行が言い、正孝も気色ばんで身構えていた。

すると、そこへ一人の男が現れた。

「おい、どうしたんだ。喧嘩なら加勢するぜ」

「小西《こにし》さん……」

ガラの悪そうな男が声をかけると、良行が頭を下げた。

あとで知ったところによると、小西信男《のぶお》は良行の先輩で、素行が悪くて退学になった元空手部員らしい。良行も、この信男に空手を教わったようだ。

「こいつが生意気なんで、ヤキを入れようと思いまして」

「何だ、こんな弱そうな奴に手間取ることねえだろうが」

信男がジロリと文也を睨んだが、彼は笑みを浮かべたままだ。

「てめえ、何がおかしいんだ」

「いえ、あんまり頭が悪そうだから、親の代からバカなのかなと思いまして」

文也は、背後の美樹を下がらせながら言った。

すると信男は、一瞬何を言われたか分からず、少し経ってから理解するなり正拳を飛ばしてきた。

文也は真上に跳躍し、左足で拳を蹴り、右足を顔面に飛ばした。

「ぐげッ……！」

顎を蹴られた信男は奇声を発してよろけ、良行と正孝はあまりに意外な展開に目を見開いて立ちすくんだ。

文也に技などなくても、素早い跳躍があれば問題はない。腕より強い脚を飛ばし、スニーカーの踵か爪先が顔面に当たれば相当なダメージとなろう。

しかし手加減、いや足加減をしたのでさすがに信男も倒れず踏みとどまった。

「やるじゃねえか。今度は本気で行くからな」

信男が身構え、今度は油断なくじりじりと間合いを狭めてきた。

そしていきなり蹴りを文也の膝に飛ばしてきた。脚からダメージを与えようというのだろう。

しかし文也は再び跳躍し、さっきより高い位置から回し蹴り、しかも素早く二回転して信男の頬を二回蹴っていた。

「ぐわッ……！」

信男は堪らずに吹っ飛んで昏倒し、文也は軽やかに回転しながら難なく着地したのだった。

良行と正孝は、あまりに華麗な文也の舞いに、腰を抜かさんばかりに驚きながら信男に駆け寄った。

「顎が砕けたかもしれないので、医者へ連れて行くといいよ。もちろん奴は空手の有段者だし、先に手を出してきたんだから僕に罪はない」

文也は二人に言った。

「な、なに……」

「分かったのか返事をしろ。それからお嬢目当てに古代史サークルにいるのは止めるんだ。どうせ興味ないのだろう。明日退部するんだ。それともここで僕と戦うか。二人がかりで構わないぜ」

文也が言いながら、蹴りを出す真似をすると、

「わ、分かった……」

二人は目に怯えを走らせて頷いた。そして気絶している信男を左右から抱え、三人で公園を立ち去っていった。

「じゃ、行こうか」

「え、ええ……」

文也が振り返って促すと、美樹が頬を上気させて答えた。

だいぶ興奮したか、ほんのりと甘ったるい汗の匂いが感じられた。

「今まで、力を隠していたのね。いつもあの二人に苛められていると思っていたのだけど……」

美樹が白い息を弾ませて言う。ショートカットに笑窪と八重歯が可憐で、アイドルデビューできそうな美少女だ。

「うん、美樹ちゃんがしつこくされていそうだったからね、つい」

「助かりました。夕食に誘われていたのだけど、あの二人は嫌いだから」

彼女が答え、近くにあるハイツまで一緒に行った。

美樹は北海道出身で、上京しての一人暮らしも九カ月めだ。女子高だったらしいし、今も彼氏が出来たような様子もないから、まだ処女であろうと文也は思っていた。

瀟洒《しょうしゃ》なハイツの一階が美樹の部屋で、ためらいなく彼女は文也を招き入れてくれた。

彼が上がると、美樹はそっとドアを内側からロックした。

中はワンルームタイプで、奥の窓際にベッド、手前に学習机に本棚。テレビとテーブル、キッチンには冷蔵庫やレンジがあり、あとはバストイレだろう。

室内には、思春期の甘ったるい匂いが立ち籠めていた。

文也は、前から可憐な美樹もオナニー妄想でお世話になっていたから、激しく勃起してしまった。

しかし美樹からしてみれば今までの文也は、同じ一年生だが二学年上の、頼りにならないお兄さんといった印象だったろう。

それが月の力によるものか、一瞬で恋に陥ったように美少女の目はキラキラと輝いていた。

「あ、お茶とか要らないから、ここへ来てね」

文也が言ってベッドの端に座ると、美樹も隣に腰を下ろしてきた。

「キスしてもいい？」

いきなり言って肩を抱き、頬に手を当ててこちらを向かせると、唐突な要求に美樹はつぶらな目を見開き、僅かに唇を開いて息を弾ませた。

それでも意を決したように長い睫毛を伏せたので、文也はそっと顔を寄せてピッタリと唇を重ねた。

「ウ……」

美樹が小さく呻き、閉じた睫毛を震わせた。

密着する唇は、ぷっくりしたグミ感覚の弾力と、ほのかな唾液の湿り気が感じられた。

鼻から洩れる息にあまり匂いはないが、唇で乾いた唾液の香りが微かに鼻腔をくすぐった。感触を味わいながら、そっと舌を潜り込ませ、滑らかな歯並びを舐めると、可憐な八重歯に触れた。

すると美樹も怖ず怖ずと歯を開き、彼は奥に侵入した。

舌を触れ合わせると、彼女も少しずつチロチロと動かしてくれ、彼は清らかで温かな唾液のヌメリと、滑らかな舌の感触を味わった。

そしてブラウスの胸にタッチすると、

「ああッ……」

美樹が口を離し、熱く喘いだ。口から吐き出される息は、胸が切なくなるほど甘酸っぱい芳香が含まれ、悩ましく鼻腔が刺激された。

同じ果実臭でも、二十歳の怜奈よりも、さらに青い新鮮な果実といった感じで、まるでイチゴかリンゴでも食べた直後のような匂いだった。

しかも活劇を目の当たりにして興奮し、口中が乾き気味なのか、かなり匂いが濃くなっていた。

美少女の吐息の刺激が鼻腔を掻き回し、艶めかしくペニスに伝わってきた。

「キスしたの初めて？」

訊くと、美樹がこっくりした。

怜奈の場合はキス体験を済ませていたので、文也は初めて美少女のファーストキスを奪った悦びに胸を高鳴らせたのだった。

2

「じゃ、脱ごうね」

文也は囁き、美樹のブラウスのボタンに手をかけると、すぐに彼女は自分で外しはじめた。彼も立ち上がって手早く全裸になってしまい、布団をめくってベッドに横になった。

やはり枕には、美少女の悩ましい匂いが濃厚に沁み付いていた。

待つうちにも、美樹は黙々と脱ぎ去っていった。大学生にもなったのだから、怜奈ほどではないにしろ前から初体験に憧れ、こうした日を心待ちにしていたのかも知れない。

脱いでいくと熱気が解放され、さらに新鮮な思春期の体臭が室内に籠もりはじめていた。

やがて最後の一枚を脱ぎ去ると、美樹は向き直ってベッドに上ってきた。

「ここに座ってみて」

文也は仰向けのまま、自分の下腹を指して言った。

最初から風変わりな行為をするのは酷かも知れないが、どうにも無垢な美少女にしてもらいたいのである。

「ここを跨ぐの……？」

美樹は言い、勃起したペニスをなるべく見ないようにして恐る恐る彼の下腹に跨がり、息を震わせながらしゃがみ込んできた。

乳房はあまり豊かではないが張りのありそうな膨らみをして、股間の翳りは実に淡く楚々としたものだった。

「あん、変な気持ち……」

完全に座り込むと美樹が声を洩らし、文也の下腹には無垢な割れ目がピッタリと密着してきた。

「じゃ、脚を伸ばして僕の顔に足の裏を乗せてね」

文也は言い、立てた両膝に美樹を寄りかからせ、両の足首を摑んで顔に引っ張った。

「アアッ……、重いのに、大丈夫……？」

美樹が声を上げ、それでも健康的にニョッキリした脚を伸ばし、両足の裏を彼の顔に乗せてくれたのだった。

文也は美少女の全体重を受けて興奮を高め、勃起した幹を上下に震わせ、彼女の腰をトントンと軽くノックした。

美樹は居心地悪そうに腰をよじってバランスを取りながら、時にギュッと両足で彼の顔を踏みつけてきた。

文也は美少女の足裏に舌を這わせ、縮こまった指の間に鼻を割り込ませて嗅ぐと、生ぬるくムレムレの匂いが濃く沁み付いていた。

充分に嗅いでから爪先をしゃぶり、順々に指の股に舌を挿し入れ、汗と脂の湿り気を味わった。

「ああ……、汚いのに、そんなこと……」

美樹が喘ぎ、クネクネと腰をよじった。そして下腹に密着した割れ目の潤いが徐々に増してくるのが分かった。

文也は美少女の両足とも匂いを貪り、全ての指の股の湿り気を舐め回した。

そして両足首を摑んで顔の左右に置いて言った。

「じゃ前に来て顔にしゃがみ込んで」

「ええッ……、恥ずかしいわ……」

美樹は言いながらも、彼に両手を引っ張られて腰を浮かせ、恐る恐る前進してきた。

そして完全にしゃがみ込み、無垢な割れ目を彼の鼻先に迫らせた。

脚がM字になって太腿と脹ら脛がムッチリと張り詰め、ぷっくりした割れ目からは熱気と湿り気が感じられた。

はみ出した陰唇に指を当ててそっと左右に広げると、ピンクの柔肉の奥に処女の膣口が閉じられ、小さな尿道口も確認でき、包皮の下からツンと突き立つ小粒のクリトリスも見えた。

「アア……」

真下から彼の視線と息を感じ、美樹が羞恥に声を洩らした。

無垢な眺めを充分に観察してから、彼は腰を抱き寄せ、淡い若草の丘に鼻を埋め込んで嗅いだ。

柔らかな感触が伝わり、隅々に籠もる甘ったるい汗の匂いと、ほのかな残尿臭が鼻腔を刺激してきた。それに処女特有の恥垢だろうか、淡いチーズ臭も混じっていた。

（これが処女の匂いなんだ……）

文也は感激しながら鼻腔を満たし、舌を這わせていった。

溢れる蜜に味はなく、生ぬるいヌメリがすぐにも舌の動きをヌラヌラと滑らかにさせた。

無垢な膣口の襞をクチュクチュ掻き回し、ゆっくり味わいながらクリトリスまで舐め上げていくと、

「アアッ……！」

美樹が声を上げ、ビクッと反応すると、思わずギュッと座り込みそうになって彼の顔の左右で懸命に両足を踏ん張った。

文也はチロチロとクリトリスを舐め回しては、トロトロと溢れる清らかな愛液をすすった。

下腹がヒクヒクと波打ち、彼女は腰をくねらせながらベッドの柵に両手で摑まり、まるでオマルにでも跨がる格好になっていた。

文也は美少女の味と匂いを心ゆくまで堪能してから、白く丸い尻の真下に潜り込んでいった。

やはり谷間には、薄桃色の可憐な蕾がひっそりと襞を息づかせて閉じられていた。鼻を埋めると顔中にひんやりした双丘が密着し、蒸れた匂いが鼻腔を刺激してきた。

彼は胸を満たしてから舌を這わせ、収縮する襞を濡らしてヌルッと潜り込ませると滑らかな粘膜を探った。

「あう……、ダメ……！」

他の女性たちの例に洩れず、美樹も驚いたように呻き、キュッと肛門で舌先をきつく締め付けてきた。

文也が中で舌を蠢かすと、もう彼女もしゃがみ込んでいられずに両膝を突き、トロトロと彼の鼻筋に愛液を滴らせた。

彼も舌を引き抜いて割れ目を舐め回し、クリトリスに吸い付いた。

「も、もうダメ……」

美樹が切羽詰まったように言ってビクッと股間を引き離すと、そのままゴロリと横になってしまった。

ようやく文也も股間から這い出して彼女を仰向けにさせ、ピンクの乳首にチュッと吸い付いた。

「ああ……」

美樹が、絶頂寸前になりながら熱く喘ぎ、クネクネと身悶えた。

乳首を舌で転がし、張りのある膨らみに顔中を押し付けて感触を味わうと、甘ったるい汗の匂いとともに、肌を伝わって感じる甘酸っぱい息も混じって鼻腔を刺激してきた。

彼は左右の乳首を交互に含んで舐め回し、さらに美樹の腕を上げさせ、スベスベの腋の下にも鼻を埋め込み、生ぬるい湿り気とともに感じられる甘い汗の匂いを貪った。

幹は刺激にヒクヒクと肌を震わせ、もうどこを舐められているかも分からないほど朦朧となっているようだった。

やがて文也は添い寝して仰向けになり、彼女の手を握ってペニスに導いた。するとと美樹もやんわりと握り、好奇心が湧いたようにニギニギと愛撫しはじめてくれた。

「ああ、気持ちいいよ、すごく……」

彼が喘ぐと、美樹も受け身になる羞恥より、積極的に指を動かして硬度や感触を確かめた。

「見てもいい?」

「うん、見て、うんと可愛がって」

美樹が言うのに答えると、彼女もすぐに身を起こして顔を移動させた。

文也が大股開きになると、美樹は真ん中に腹這い、可憐な顔を寄せてきた。

「変な形……」

あらためて勃起したペニスに熱い視線を注いで言い、張り詰めた亀頭や幹を撫で、陰嚢にも触れてきた。二つの睾丸をそっと確認してから、袋をつまんで肛門まで覗き込んだ。

「ね、お口でしてみて……」

股間に熱い息を受けながら言うと、美樹も身を乗り出し、チロリと舌を出して肉棒の裏側を舐め上げてくれた。

先端まで来ると幹に指を添え、粘液の滲む尿道口をペロペロと舐め回し、亀頭を含んで吸い付き、そのまま喉の奥までモグモグと呑み込んでいった。

「ああ、気持ちいい……」

文也は快感に喘ぎ、美少女の無垢な口の中でヒクヒクと幹を上下させた。

「ンン……」

美樹も先端で喉の奥を刺激されて呻き、たっぷりと唾液を溢れさせてペニスを生温かく浸してくれた。さらに笑窪の浮かぶ頬をすぼめて無邪気に吸い、舌をからめながら、たまにぎこちなく歯を触れさせた。

3

「顔を上下に動かして……」

言うと美樹がスポスポと唇で摩擦してくれ、文也もズンズンと股間を突き上げて快感を味わった。

「い、いきそう……」

やがて高まった文也は言い、彼女の口を離させた。このまま処女の口に思い切り射精し、飲んでもらうのも魅力だったが、やはり早く一つになりたいし、彼女も初体験が望みだろう。

美樹もチュパッと口を離し、添い寝してきたので文也は身を起こした。

彼女を仰向けにさせ、もう一度股間に顔を埋め、処女のうちの味と匂いを堪能してから顔を上げた。

そして股間を進めて幹に指を添え、先端を濡れた割れ目に擦りつけながら位置を定めていった。

「いい？」

訊くと、彼女も覚悟を決めているように身を投げ出して小さく頷いた。

文也も可憐な美少女を相手に、怜奈のとき以上に処女を頂く期待と緊張に高まりながら、ゆっくり挿入していった。

張り詰めた亀頭がズブリと潜り込むと、あとはヌルヌルッと滑らかに根元まで嵌まり込んだ。

「あう……！」

美樹が眉をひそめて呻き、文也も怜奈以上の締め付けと温もりを感じながら股間を密着させた。そして脚を伸ばして身を重ねると、支えを求めるように彼女がしがみついてきた。

胸で張りのある乳房を押しつぶすと心地よい弾力が伝わり、恥毛が擦れ合い、コリコリする恥骨の膨らみも感じられた。

文也は熱いほどの温もりに包まれながら、快感に任せて徐々に腰を突き動かしはじめた。

「アア……」

美樹が喘ぎ、身を強ばらせてキュッと締め付けてきた。

「大丈夫？」

囁くと、彼女も健気に頷き、文也は次第にリズミカルに律動していった。

愛液が豊富なので、すぐにも動きは滑らかになり、クチュクチュと湿った摩擦音も聞こえてきた。

どうせ初回から快感はないだろうから、文也も長引かせることなく、我慢せずに絶頂を目指した。

そして彼女の喘ぐ口に鼻を押し付け、唾液と吐息の混じり合った甘酸っぱい匂いを貪りながら、あっという間に昇り詰めてしまった。

「く……！」

大きな絶頂の快感に呻き、熱い大量のザーメンをドクンドクンと勢いよく中にほとばしらせると、

「あう……」

噴出を感じたか、あるいは幹の脈打ちで嵐が済んだことを悟ったのか、美樹が小さく呻いてグッタリとなっていった。

中に満ちるザーメンで、さらに動きが滑らかになり、彼は快感を嚙み締めながら心置きなく最後の一滴まで出し尽くしてしまった。

すっかり満足しながら動きを弱め、美樹にもたれかかっていくと、彼女も破瓜の痛みが麻痺したように力を抜いて身を投げ出していた。

文也は、まだきつく収縮する内部でヒクヒクと過敏に幹を震わせ、果実臭の息を間近に嗅ぎながら、うっとりと快感の余韻を嚙み締めた。

そして激情が過ぎ去ってから、うっかり中出ししてしまったことを思ったが、何とか月の力で命中しないようにならないものかと都合の良いことを考えてしまった。

あまり長く乗っているのも悪いので、文也はティッシュを手にして身を起こし、そろそろと股間を引き離して起き上がった。

手早くペニスを拭いながら、処女を失ったばかりの割れ目を覗き込むと、怜奈とは違い、膣口から逆流するザーメンに、うっすらと鮮血が混じっていた。

それでも量は少なく、すでに止まっているようだ。

「大丈夫？」

「ええ……」

彼が優しく拭きながら言うと、美樹も小さく健気に答えた。

もちろん後悔の様子などはなく、ようやく初体験をした安堵感のような表情が見受けられた。

そして彼女を支え起こしてベッドを降り、バスルームへと移動した。

シャワーの湯を出して身体を流してから、文也は床に座り込んで美樹を目の前に立たせ、股を開かせた。

「オシッコ出してみてね」

「ええッ？　そんなの無理よ……」

「少しだけでもいいから」

文也はムクムクと急激に回復しながらせがみ、腰を抱えて割れ目に鼻と口を埋め込んだ。

濡れた恥毛に鼻を擦りつけると、まだうっすらと可愛らしい匂いが残り、彼は貪りながら処女を失ったばかりの膣口を舐め回すと、すぐにも新たな愛液が溢れて舌の動きが滑らかになった。

美樹も、あの二人にからまれたときから尿意を催していたのかも知れず、いくらも待たないうちに中の柔肉が蠢いた。

「あう、出ちゃう……」

彼女が言うなり、熱い流れがチョロチョロと漏れてきた。

舌に受けて味わうと、それは熱く勢いを増し、清らかな味と匂いで抵抗なく彼の喉を通過していった。

「アア、ダメ……」

美樹が放尿を開始しながら声を洩らし、膝をガクガクさせながら彼の頭に両手で摑まった。

(ああ、美少女のオシッコ……)

文也は感激と興奮の中で受け止め、溢れた分が温かく肌を伝い流れた。彼は甘美な悦びで胸を満たしながら貪り、美樹の流れもなかなか終わらなかった。

ようやく堪能し尽くすと流れも治まり、彼は残り香に包まれながら余りの雫をすすり、割れ目内部を舐め回した。

「も、もうやめて……」

立っていられなくなった美樹が、彼の顔を突き放して座り込んでしまった。

文也は入れ替わりに身を起こし、バスタブのふちに腰を下ろして彼女の顔の前で股を開いた。

「また勃っちゃったので、お口で可愛がって」

幹をヒクヒクさせながら言うと、美樹も放尿を見られた羞恥と興奮の余韻で、すぐにも亀頭にしゃぶり付いてくれた。

彼女も、処女喪失した直後に、また挿入するのは酷だろう。だから彼も、二度目は口でしてもらうことにしたのだ。

深々と押し込むと、熱い息が股間に籠もり、先端がヌルッとした喉の奥の肉に触れた。

「ンンッ……！」

美樹は呻き、たっぷり唾液を出して肉棒を温かく浸しながら、懸命に舌をからめてくれた。文也も彼女の頭に両手をかけ、小刻みに前後させながら唇の摩擦に高まっていった。

次第に彼女もリズミカルに動き、吸い付きながら舌もからめてくれた。

「ああ、いく……！」

たちまち文也は、大きな快感に全身を貫かれて喘いだ。

同時に、二度目とも思えないほどの量と勢いで、ドクンドクンとありったけのザーメンがほとばしり、美少女の喉の奥を直撃した。

「ク……！」

彼女が噎せそうになって呻き、反射的に口を離してしまった。

すると余りのザーメンがピュッピュッと脈打つように飛び散り、可憐な顔中を容赦なく汚した。

文也も残りは自分でしごきながら、美樹の顔に向けて射精し尽くした。

白濁の粘液が彼女の鼻筋を濡らし、頬の丸みを伝い流れ、唇の周りをヌルヌルにしながら顎から糸を引いて滴った。

「ベロを出して……」

言うと美樹が素直にチロリと舌を伸ばしたので、彼は幹を握りながら先端を舌に擦り付け、最後の一滴まで絞り尽くしてしまった。

口に飛び込んだ第一撃も、彼女は飲み込んでくれたようだ。

ようやく満足して先端を離すと、美樹も舌を引っ込めて、口に入った分を唾液に溶かすようにしてコクンと飲み込んだ。

彼はバスタブのふちから降り、美樹の喘ぐ口に鼻を押し付けて嗅いだ。

熱い吐息にザーメンの匂いは残っておらず、さっきと同じ甘酸っぱく可愛らしい果実臭がしていた。

文也は美少女の上から下から射精して幸福感に包まれ、可憐な息を嗅ぎながらうっとりと余韻を味わったのだった。

4

「今晩は。言った通りベランダから来たわね」

翌日の夜、由香利からラインをもらった文也は、夕食と歯磨きとシャワーを終え、ジャージ姿のまま言われた通りマンション六階のベランダまで飛んできたのだった。

スニーカーを脱いで部屋に入ると、メガネ美女の由香利もすっかり淫気と興奮に目を輝かせて彼を迎えてくれた。

「見て、これ」

由香利が、何やら衣装を出して見せた。

黒いパーカーふうのもので、フードには黄色く丸い円が縫い付けてある。

「着けてみて」

着るのではなく、マントのように羽織って結ぶもので、フードで顔全体を覆うと目出し帽のようになり、ちょうど額に黄色い円が来る。

「これにサングラスをかけるといいわ。黒い月光仮面のようだわ。月光仮面は満月でなく三日月だし、仮面というより覆面だから、月光童子なんてどう？　あるいはムーンキッド」

「どうしてこれを？」

「何か事件で人助けのため、素顔で飛ぶわけにいかないでしょう」

「うわ、正義のヒーローになれと？」

「そうよ。その能力の独り占めはいけないわ。見て」

由香利は言い、テレビのニュースを指した。

見ると、このあたりは曇りだが青梅山中は集中豪雨で、あちこちの道路が寸断されているようだ。

「白川さんから電話があって、怜奈ちゃんが一人別宅で孤立しているって」

彼女が言う。美佐江も途方に暮れ、怜奈が慕っている由香利に相談してきたらしい。

もっとも相談されても、由香利にもどうにもならないことである。

「多摩川の上流沿いにある崖上の、赤い屋根の家ですって」

「僕に行けと……」

「そうよ。でも正体は隠したままで助けて。さあ行きなさい。ムーンキッド！」

由香利が力強く言った。

「でも、怜奈も別宅で大人しくしているでしょうに」

「いいえ、母親の話では、今にも無謀に車で山を下ろうとしているかも。とにかく行って、正体を隠したまま助けて。戻ってきたら、どんなことでもしてあげるから」

その言葉に突き動かされ、文也も仕方なく黒いマントを結び直してサングラスをかけた。

ジャージ上下も黒なので、額の満月だけがやけに目立つだろう。

文也はベランダに出て、フワリと柵に乗った。

「似合うし、カッコいいわよ、すごく」

由香利が見送りに出て言った。

「じゃ戻るまでに、シャワーと歯磨きとウォシュレットは使わないで」

彼は言い置き、呆れ顔の由香利の返事も聞かず宙に飛翔した。そして猛スピードで風を切り、雨雲の立ち籠める青梅に向かっていった。

飛ぶ以外の能力といえば、傷が早く治るということぐらいだが、夜に飛んで分かったのは、やはり月の加護のせいか非常に夜目が効くのだった。

多摩川沿いに飛んでみると、だいぶ雨脚も弱まってきたが増水していた。

やがて、いくらも迷わないうちに赤い屋根の別宅を見つけたが、灯りは消えている。

飛びながら探すと、坂道の途中にヘッドライトが見えた。

片側は崖で、しかも道がぬかるんでスリップし、身動きできなくなっているようだった。

それは間違いなく、怜奈の車であった。下降しながら近づいていくと、

「助けて、誰か……！」

果たして、怜奈は運転席の窓を全開にして叫んでいた。誰も通らないし、携帯も通じない山中である。

文也はマントを翻《ひるがえ》して彼女の窓の前まで降り、

「さあ、シートベルトを外して窓から出て」

声をかけると、怜奈は黒ずくめの文也に息を呑んだが、人と出会った安堵感でベルトを外し、彼の腕に縋り付いてきた。深いヌカルミで、ドアも開かなくなっていたのだ。

「大丈夫。外に出て」

支えながらいうと、怜奈も必死に彼の首に両手を回して正面からしがみつき、足を窓枠に乗せてようやく車外に出た。

「じゃ行くよ、シッカリ掴まっていて」

文也はいうなり真上に飛翔し、雨雲を突き抜けた。すると右端が僅かに欠けた十六夜の月が煌々と照っていた。

「な、なぜ飛んでいるの。あなたはスーパーマン……？」

「ムーンキッド」

「……」

「車は業者に頼んで後日取りに来るといい。でも、飛んだことは内緒にして。これは夢なんだから」

文也は猛スピードで飛びながら囁いたが、怜奈は彼の腕の中で気を失ってしまった。

やがて、あっという間に白川邸へと着き、門前に彼はゆっくり着地した。こちらは雨も降っていない。そしてインターホンを鳴らし、怜奈を門柱に寄りかからせて座らせた。

応答がある前に、文也は再び上昇。

由香利のマンションのベランダに戻るまで、いくらもかからなかった。

「早いわ。彼女は助かったの？」

「ええ、危ないところでしたが、家まで送ってきました。失神していたから飛んだことは夢だと思い、どうして帰宅したか謎のままでしょう」

「そう、ご苦労様」

由香利は言って、雨に湿ったマントを脱がせて吊るし、文也もサングラスを外すと、すぐにもジャージ上下を脱ぎ去って全裸になった。

もちろん期待と興奮に、ペニスはピンピンに突き立っていた。

由香利も彼を寝室に招き、手早く脱いでくれたがメガネだけはそのままだ。

「いいわ、どうにでもして……」

由香利も待っている間にすっかり期待を高め、すぐにも一糸まとわぬ姿になってベッドに身を投げ出した。

文也は彼女の足裏から舌を這わせはじめ、指の股に鼻を押し付けて濃く蒸れた匂いを貪った。

「あう、そこから……？」

由香利が呻き、それでも愛撫を受け入れて熟れ肌をくねらせた。

彼は充分に足の匂いを嗅いでから爪先にしゃぶり付き、全ての指の間を舐めて汗と脂の湿り気を吸収し、両足とも味と匂いを堪能し尽くした。

そして脚の内側を舐め上げ、ムッチリした内腿をたどり、すでに濡れはじめている割れ目に迫っていった。

柔らかな茂みに鼻を埋めて嗅ぐと、汗とオシッコの匂いが濃厚に沁み付いて悩ましく鼻腔を刺激してきた。

文也は美女の匂いで胸を満たし、舌を挿し入れて淡い酸味のヌメリを掻き回した。そして息づく膣口から、味わいながら柔肉をたどり、ゆっくりクリトリスまで舐め上げていくと、

「アアッ……、いい気持ち……！」

彼女がビクッと顔を仰け反らせて喘ぎ、内腿でキュッときつく彼の両頬を挟み付けてきた。

文也は上の歯で包皮をめくり、完全に露出したクリトリスをチロチロと舌先で弾くように刺激しては、泉のように溢れる愛液をすすった。

さらに両脚を浮かせ、豊満な尻の谷間に鼻を埋め、顔中で双丘の弾力を味わいながら蕾に籠もる蒸れた微香を貪った。

汗の匂いに混じった淡いビネガー臭も興奮をそそり、彼は胸を満たしてから舌を這わせ、ヌルッと潜り込ませた。

「あう……！」

由香利が呻き、キュッと肛門で舌先を締め付けてきたので、彼も中で蠢かせ、滑らかで甘苦い粘膜を探った。

そして脚を下ろすと、再び割れ目に顔を埋めてクリトリスに吸い付きながら、文也は反転してペニスを彼女の顔に迫らせた。

「ンン……」

由香利も下から亀頭にしゃぶり付き、熱い鼻息で陰嚢をくすぐりながらネットリと舌をからめて吸い付いてくれた。

男上位のシックスナインだが、彼は宙に身を浮かせているので体重をかけることなく、彼女もしゃぶりやすそうだった。

文也は根元まで彼女の口に押し込み、生温かなヌメリにまみれながらヒクヒクと幹を震わせた。さらにペニスを出し入れさせるように動かしたが、これも宙に浮いているので楽だった。

互いに最も感じる部分を舐め合っているうち、やがて高まった由香利がスポンと口を引き離した。

5

「い、入れて、お願い……」

由香利が声を上ずらせて言うので、文也も宙で再び反転し、彼女の股間に戻った。そして彼女の両脚を浮かせて抱えさせ、文也は濡れた膣口にヌルヌルッと一気に挿入していった。

「アア……、いいわ、奥まで感じる……！」

由香利が熱く喘ぎ、味わうようにキュッキュッと締め付けてきた。

「もっとこうして、割れ目が真上を向くように」

文也が言うと、さらに彼女も両脚を抱えて尻を突き出してきた。

すると文也は、上から真下に向かって挿入しながら身体を浮かせ、両手両足を広げて回転を開始したのだ。

まるでペニスを軸として、大の字になった全身が独楽かプロペラのように回ったのである。

重力を無視した能力ならではの、挿入回転であった。そして前回の無重力セックスと同様、こうした技は彼の能力を知っている由香利にしか使えないものであった。

「あうう、何これ、すごいわ……！」

由香利が初めての感覚に呻き、内壁を擦られながら大量の愛液を周囲に飛び散らせた。

しかし、あまり回転していると目が回るので、途中で文也が逆回転にしたが、これも由香利の快感を高めたようだ。

「アア、中が、よじれるわ……、いきそう……」

ボルトでもねじ込まれているような感覚に由香利が身悶えて言い、すでに何度かヒクヒクと小さなオルガスムスの波が押し寄せているようだった。

やがて文也は回転を止め、普通の正常位に戻って身を重ねた。

そして息づく膣口に股間を密着させて屈み込み、左右の乳首を交互に含んで舌で転がし、顔中で柔らかな膨らみを味わった。

さらに由香利の、ジットリ湿った腋の下にも鼻を埋め込み、甘ったるい汗の匂いに噎せ返った。

「もっと、突いて……、強く何度も、中を掻き回して……」

由香利が朦朧となってせがみ、ズンズンと股間を突き上げてきた。

文也も合わせて腰を突き動かしはじめ、摩擦快感にジワジワと絶頂を迫らせていった。

充分に腋を嗅いでから白い首筋を舐め上げ、彼は由香利の喘ぐ口に鼻を押し込んで吐息を嗅いだ。彼女も約束を守って夕食後のケアもしないままだから、本来の甘い花粉臭に、ほのかなオニオン臭の刺激も混じり、ゾクゾクと文也の胸を掻き回してきた。

「ああ、濃厚……」

文也は嗅ぎながら喘ぎ、股間をぶつけるように激しく律動した。

ピチャクチャと淫らに湿った摩擦音が響き、揺れてぶつかる陰嚢も生温かな愛液にまみれた。

そして唇を重ね、舌をからめながら生温かな唾液をすすり、彼は由香利を抱きすくめたままフワリと宙に舞い、上下入れ替わった。

「唾を出して……」

下になってせがむと、由香利も快感で朦朧となりながら懸命に唾液を出し、白っぽく小泡の多い粘液をグジュッと吐き出してくれた。

文也は生温かなそれを舌に受けて味わい、うっとりと喉を潤した。

「顔中もヌルヌルにして」

さらに言うと由香利も舌を這わせ、彼の鼻の穴から鼻筋を舐め上げ、両頬まで念入りに舐め回してくれた。それは舐めるというより、吐き出した唾液を舌で塗り付ける感じで、たちまち文也の顔中はメガネ美女の生温かな唾液にヌラヌラとまみれた。

「ああ、いきそう……」

文也は、美女の唾液と吐息の匂いに酔いしれ、鼻腔を満たしながら突き上げを強めていった。

「噛んで……」

頬を口に押し付けて言うと、由香利も綺麗な歯並びでキュッと噛んでくれた。

「ああ、気持ちいい、もっと強く……」

どうせ歯形もすぐ消えるだろうから、彼は甘美な刺激に酔いしれてせがんだ。

由香利も快感に任せて彼の左右の頬にキュッと歯を食い込ませながら、徐々に膣内の収縮を活発にさせていった。

すると、たちまち彼女がガクガクと狂おしい痙攣を開始し、

「い、いっちゃう……、気持ちいいわ、アアーッ……！」

声を上ずらせてオルガスムスに達してしまった。

文也も、メガネ美女のいつになく濃厚な口の匂いに高まり、肉襞の摩擦の中で続いて昇り詰めた。

「く……！」

彼は絶頂の快感に呻き、互いに宙に浮きながら、熱い大量のザーメンをドクンドクンと勢いよく注入した。

「あう、感じるわ、もっと……！」

噴出を受け止めた由香利も、駄目押しの快感を得たように口走り、さらにキュッキュッときつく締め上げてきた。

文也は心ゆくまで快感を味わい、最後の一滴まで出し尽くしていった。

満足げに、ゆっくりとベッドに降りると、そのまま由香利ももたれかかり、彼は初めて生身の重さを受け止めた。

満足しながら動きを弱めていくと、彼女も肌の強ばりを解いてグッタリ体重を預け、名残惜しげに膣内を収縮させた。

その刺激に過敏になったペニスがヒクヒクと跳ね上がり、文也は彼女の悩ましく刺激的な吐息を胸いっぱいに嗅ぎながら、うっとりと快感の余韻に浸り込んでいったのだった。

「ああ……、一度、外で浮きながらしてみたいわ。スカイツリーの上とか……」

荒い息遣いを繰り返しながら、由香利が熱く囁いた。

「寒くて堪らないよ」

「あなたとくっついていると寒くなさそうだわ……」

彼女が言う。密着していれば、適温のバリヤーも相手まで包み込んでくれるのかも知れない。

「バスルームへ連れて行って……」

由香利が言うので、文也も繋がったまま浮いて寝室を出ると、バスルームの入り口でそっと下ろしてやった。

中に入ると、すでに湯が沸いていたので二人で身体を流し、一緒に浸かった。

湯から上がると、もちろん文也は床に座って例のものを求め、ムクムクと回復していった。

由香利も、彼の前に立って自分から片方の足を浮かせ、バスタブのふちに置いて尿意を高めはじめてくれた。

「いい？　出るわ……」

彼女が息を詰めて言い、文也も割れ目を舐め回すと、すぐにも熱い流れがチョロチョロとほとばしり、彼の舌を濡らしてきた。

「アア……、変な気持ち……」

由香利が喘ぎながら勢いを増して放尿し、彼も前より濃い味と匂いを堪能して喉を潤した。

やがて流れが治まると、文也は余りの雫をすすり、残り香を味わいながら濡れた柔肉を舐め回した。すると新たな愛液が溢れ、淡い酸味のヌメリが舌の動きを滑らかにさせた。

「ああ、もういいわ、続きはベッドで……」

由香利が言って腰を引き、椅子に座った。文也の回復したペニスを見て、彼女もまだする気になっているようだった。

そして湯を浴びて互いの全身を流し、身体を拭いてバスルームを出た。

文也が仰向けになると、彼女もすぐに屈み込み、スッポリと根元までペニスを呑み込んできた。

「ああ……、気持ちいい……」

しゃぶられながら、彼は快感に喘いだ。やはりシックスナインだと集中できないので、受け身になる方が贅沢な快感があった。

由香利は深々と含んで執拗に舌をからめ、強く吸い付きながら熱い息を籠もらせた。

やがて肉棒が充分に唾液にまみれると、スポンと口を離し、身を起こして跨がるとすぐに合体してきた。

「アアッ……、いい……」

ヌルヌルッと根元まで受け入れると、由香利は貪欲に締め付けながら喘ぎ、身を重ねてきた。

文也も両手でしがみつき、両膝を立てて快感を味わった。やはり一度目は能力を駆使した異常なセックスだったが、二度目は普通が良いらしい。

彼がズンズンと股間を突き上げると、

「あぁッ……、すぐいきそうよ。もっと突いて……！」

由香利も腰を遣いながら喘ぎ、収縮を高めていった。

文也も肉襞の摩擦に包まれ、美女の悩ましい吐息を嗅ぎながら、たちまち一緒に絶頂に突き進んでいったのだった。

第四章　主婦の熱い息

1

「こないだの夜に見かけたわ。何だか変なことしていなかった?」

文也がアパートの裏にある大家の家に家賃を持っていったら、家主である萌子《もえこ》に言われた。一応通帳からの引き落としだが、先月末は料金不足で滞り、それを持っていったのである。

山野《やまの》萌子は三十一歳の子持ち主婦、小柄だが肉感的で、昔ならトランジスターグラマーといった感じの美女だが、気さくなアニメ声で、会話もどこかフワフワした天然系であった。

　もちろん文也にとって一回り上の萌子は、初体験の手ほどき候補として何度も妄想でお世話になっている一人であった。

「え？　僕が何かしていましたか？」

「何だか、空から降りてきたみたいに見えたけど」

　萌子が、ほんのり生ぬるく甘ったるい匂いを漂わせて言う。

　夜は買い物でも横着し、空を飛んで帰ってくることがあるので、たまたま母屋の窓から見ていたのかも知れない。

「それは何かの間違いですよ。気持ちが浮かれてスキップすることはあるけど」

「そうね。まあ空を飛んだり、目から怪光線を出したり、おかしなことをするのは控えてね」

　萌子が言って金を確認し、家賃ノートの先月分に判を捺してくれた。

「ちょっと入って。ベッドを動かしたいの」

　言われて文也も上がり込んだ。

　彼女の夫は婿養子で高校教師だが、今は期末テストも終わったので顧問をしているサッカー部の合宿に行っているようだ。萌子の両親も同じ町内に住んでいて、このアパートも親のものだったらしい。

リビングの隅にベビーベッドがあり、赤ん坊が静かに眠っている。その奥が寝室なので、赤ん坊を見やすいようにベッドを移動したいようだった。

夫が帰宅しても、親に手伝ってもらって移動したと言うつもりなのだろう。

文也は、夫婦用のダブルベッドを萌子と一緒に少しずつ移動させ、出入り口の邪魔にならない良い位置に定めた。

二人で動かしたので訳なく、すぐにも作業が終わった。萌子も事前に、ベッドの下の掃除などは終えていた。

夫が不在なので、ベッドと枕からは萌子の甘い匂いが感じられた。彼が帰宅したら、シーツを替えるつもりなのだろう。

「有難う。もう一つお願い」

萌子が、移動したベッドの端に座って言い、ブラウスのボタンを外しはじめたのだ。

(うわ……)

懇《ねんご》ろになれれば良いなという期待はしていたが、いざ彼女が自分から脱ぎはじめると、文也も唐突な興奮に少し戸惑った。それでも隣に座ってみていると、彼女はブラウスを左右全開にさせた。

そしてブラのフロントホックを外すと、その内側にタオルが当てられ、それも外すと豊かな膨らみが弾けるように露わになった。濃く色づいた乳首の先端に、ポツンと白濁の雫が浮かんでいた。

どうやらいつも萌子から感じる甘ったるい匂いは、体臭ではなく母乳の匂いだったようだ。

「張って辛いので吸い出してくれるかしら。うちの人がいないものだから」

萌子が可憐なアニメ声で言い、そういうことだったのかと文也も顔を寄せ、チュッと乳首に吸い付いて雫を舐めた。

萌子はビクリと反応して息を詰めたが、懸命に声を抑えるように身を強ばらせていた。

文也は甘ったるく濃厚な匂いに包まれながら、張りのある膨らみに顔中を押し付け、懸命に乳首に吸い付いていると、ようやく生ぬるい新鮮な母乳が分泌されてきた。

それは薄甘く舌を濡らし、彼はうっとりと喉を潤した。

「アア、吐き出してもいいのに……」

萌子が喘ぎ、彼の顔を胸に抱きながらベッドに横たわっていった。

文也も腕枕される形になり、激しく勃起しながら懸命に母乳を吸っては、次第に要領を得て飲み込み続けた。

「あうう……、もういいわ、今度はこっちを……」

仰向けになって萌子が言い、確かに心なしか張りが和らいだ感じがした。

文也は移動し、もう片方の乳首も含んで吸い付き、新鮮な母乳で喉を潤し、甘ったるい匂いで胸をいっぱいに満たした。

「アア……、いい気持ち……」

萌子も仰向けになってクネクネと身悶え、当初の目的など忘れたように熱く喘ぎ続けていた。

そして吸い尽くして両の乳房の張りが和らぐと、文也も顔を上げた。

「ね、脱ぎましょう」

彼は言って身を起こし、手早く自分から脱いで全裸になった。

萌子の半身を起こして乱れたブラウスも完全に脱がせ、さらにスカートとソックスを引き下ろし、最後の一枚も取り去ってしまった。

あらためて全裸で仰向けにさせて見下ろすと、萌子の巨乳が息づき、白く滑らかな肌からはさらに甘い匂いが立ち昇っていた。

覆いかぶさり、腕を差し上げて腋の下に鼻を埋めると、何とそこには柔らかな腋毛が煙っていたのだ。

文也は嬉々として鼻を擦りつけ、濃厚に沁み付いた甘ったるい汗の匂いを胸いっぱいに貪った。

夫の趣味と言うことはないだろう。何しろ教員で忙しいし、萌子が出産を終えてからは交渉も疎遠になっているのではないか。そして萌子も子育てに忙しいからケアもしないでいるようだった。

文也は充分に嗅いで匂いと感触を味わい、肌を舐め降りていった。

股間を後回しにし、豊満な腰からムッチリとした太腿をたどり、脚を舐め降りていくと、脛にもまばらな体毛があって彼の興奮は高まった。

やはり念入りなケアなどせず、あるがままの姿というのは、野趣溢れる魅力が感じられるものだ。

彼は足裏にも舌を這わせ、指の股に鼻を押し付けて嗅ぐと、そこはやはり汗と脂にジットリ湿り、蒸れた匂いが濃厚に沁み付いていた。

ムレムレの匂いを貪ってから爪先にしゃぶり付き、順々に指の間にヌルッと舌を割り込ませていくと、

「あう……、ダメ……」

萌子が呻き、彼の口の中で唾液に濡れた指を縮めた。

文也はもう片方の爪先もしゃぶり、味と匂いを貪り尽くした。

そして大股開きにさせて脚の内側を舐め上げ、ムチムチと張りのある内腿をたどり、熱気と湿り気の籠もる股間に迫っていった。

見ると黒々と艶のある恥毛が濃く密集し、下の方は愛液の雫を宿していた。

はみ出した割れ目を指で広げると、膣口には母乳のように白濁した粘液がまつわりつき、何と親指の先ほどもある大きなクリトリスが、幼児のペニスのように突き立って光沢を放っていたのだ。

可憐なアニメ声で、天然ぽい主婦のクリトリスが、こんなに巨大とは誰も思わないだろう。

しかも肛門も出産で息《いき》んだ名残か、レモンの先のように突き出て何とも艶めかしい形状をしていた。

まず彼は茂みに鼻を擦りつけ、隅々に籠もる汗とオシッコの匂いを嗅いだ。

生ぬるい刺激が鼻腔を満たし、ほんのり磯の香に似た成分が悩ましく胸に沁み込んできた。

文也は濃厚な匂いを吸収しながら舌を挿し入れ、膣口の襞をクチュクチュ掻き回し、淡い酸味のヌメリをすすりながらクリトリスまで舐め上げていった。

「アアッ……、そこ……！」

萌子が喘ぎ、内腿でムッチリときつく彼の両頬を挟み付けてきた。

やはり、クリトリスが最も感じるのだろう。

文也ももがく腰を抱え、チロチロと弾くようにクリトリスを舐め、乳首のようにチュッと吸い付いた。

「あう、嚙んで……」

さらに彼女が仰け反りながらせがむので、彼もそっと前歯でコリコリと突起を嚙み、大洪水になっている生ぬるい愛液を舐め取った。

そして彼女の両脚を浮かせ、白く豊満な尻の谷間に迫ると、そこにもまばらな恥毛が範囲を広げ、レモンの先のような色っぽい肛門が息づいていた。

鼻を埋めて嗅ぐと、蒸れた汗の匂いにほのかなビネガー臭が混じって鼻腔を刺激し、彼は匂いを貪ってから舌を這わせた。

ヌルッと潜り込ませて滑らかな粘膜を味わうと、

「く……、いい気持ち……！」

萌子がモグモグと肛門で舌を締め付けて呻き、割れ目からはさらに大量の愛液を漏らしてきた。

再び割れ目に戻ってヌメリをすすり、クリトリスをチュッと吸って軽く歯を当てて刺激すると、

「も、もうダメ……」

すっかり絶頂を迫らせた萌子が言い、ビクッと身を起こしてきた。

文也も股間から離れて仰向けになると、彼女がペニスに移動していった。

2

「すごいわ、こんなに勃ってる……」

萌子が顔を寄せ、熱い視線を肉棒に注ぎながら嬉しげに言った。

文也も受け身になり、大股開きになって股間に彼女の熱い息を感じた。

彼女はすぐにも舌を伸ばし、ペニスの裏側をゆっくり舐め上げ、粘液の滲む尿道口をチロチロ舐め回してくれた。

「ああ、気持ちいい……」

文也が喘いで幹を震わせると、彼女も張り詰めた亀頭をパクッとくわえ、ゆっくり根元までスッポリと呑み込んでいった。

生温かく濡れた口の中でネットリと舌が蠢き、彼女は幹を丸く締め付けながら吸い、熱い鼻息で恥毛をそよがせた。

「ンン……」

小刻みにズンズンと股間を突き上げると彼女が呻き、スポスポと強烈な摩擦をしてから、すぐにスポンと口を離した。

「入れていい？」

「ええ、跨いで上から入れて下さい」

言うと、萌子はすぐに身を起こして前進し、彼の股間に跨がって先端に割れ目を押し当ててきた。

張り詰めた亀頭を陰唇の内側にあてがい、ゆっくり腰を沈めながら膣口に受け入れていった。たちまち彼自身は、ヌルヌルッと滑らかな肉襞の摩擦を受けながら根元まで呑み込まれた。

「アアッ……、いいわ、奥まで当たる……」

萌子が完全に座り込み、顔を仰け反らせて喘いだ。

そして密着した股間をグリグリと擦り付けると、文也も締め付けと温もりに包まれながら快感を味わった。

両手を伸ばして抱き寄せると、萌子も身を重ねてきて、また母乳が滲みはじめている乳房を彼の胸に押し付けてきた。

文也が下からしがみつき、僅かに両膝を立てると、萌子が自分からピッタリと唇を重ね、肉厚の舌を執拗にからみつかせた。

彼も滑らかに蠢く舌を味わい、生温かく注がれる唾液でうっとりと喉を潤しながらズンズンと股間を突き上げはじめた。

「あう、すぐいきそう……」

すると萌子が唾液の糸を引いて口を離し、動きを合わせながら呻いた。

彼女の吐息はシナモンに似た匂いがあり、それに昼食の名残のようにほのかなガーリック臭も混じって、悩ましく文也の鼻腔を刺激してきた。

いかにもケアしていないリアルな主婦の匂いという感じで、彼は実に興奮を高めた。

もちろん刺激が濃ければ良いというものではなく、抵抗を感じる一歩手前の濃度ぐらいが最も官能的であり、今の萌子がそうだった。

「ね、お乳を搾って……」

高まりながら言うと、萌子も胸を突き出し、濃く色づいた乳首を指でキュッと摘んだ。すると白濁の母乳がポタポタと彼の顔に滴り、さらに無数の乳腺からは霧状になったものが生温かく降りかかった。

「ああ……」

文也は甘ったるい匂いに包まれて喘ぎ、滴る母乳で舌を濡らしながら突き上げを強めていった。彼女も左右の乳首から母乳を搾り尽くすと、腰を上下させて大量の愛液で動きを滑らかにさせた。

「唾も飲ませて……」

言うと、萌子も懸命に分泌させてから口を寄せ、白っぽく小泡の多い唾液をトロトロと吐き出してくれた。文也は舌に受けて味わい、さらに顔を引き寄せて彼女の口に鼻を潜り込ませた。

「ンン……」

萌子も腰を遣いながら呻き、彼の鼻をペロペロと舐め回してくれた。

文也は、唾液と吐息と母乳の匂いの渦の中で、とうとう激しく昇り詰めてしまったのだった。

「いく……、アア、気持ちいい……！」

彼は突き上がる快感に口走り、熱い大量のザーメンをドクンドクンと勢いよくほとばしらせた。

「か、感じるわ……、アアーッ……！」

噴出を受け止めた途端、萌子も声を上ずらせて、ガクガクと狂おしいオルガスムスの痙攣を開始した。

あとは互いに声もなく股間をぶつけ合い、聞こえるのは息遣いと湿った摩擦音だけだった。文也は心ゆくまで快感を嚙み締め、最後の一滴まで出し尽くしていった。

ようやく突き上げを弱めていくと、彼女も肌の強ばりを解いてグッタリと満足げにもたれかかってきた。

「ああ、こんなに良かったの初めてよ……」

萌子が悩ましい吐息で熱く囁き、名残惜しげにキュッキュッと締め付け、刺激されたペニスが過敏にヒクヒクと跳ね上がった。

そして文也は彼女の重みを受け止め、人妻の匂いの渦に包まれながら、うっとりと快感の余韻を味わったのだった。

やがて呼吸を整えると、そろそろと萌子が股間を引き離したので、文也も起き上がってティッシュの処理もせずバスルームに移動した。

ベビーベッドの赤ん坊は、いくら萌子が激しく喘いでも目を覚ますことなく、ずっと軽やかな寝息を立てていた。

シャワーの湯で全身を洗い流すと、また文也はムクムクと回復しながら床に座り、目の前に立たせた萌子の片足を浮かせた。

「どうするの」

「オシッコして」

「出るかな……」

言うと天然系の萌子は羞恥心より、好奇心を湧かせたように答え、下腹に力を入れて尿意を高めはじめてくれた。

割れ目を舐めているとすぐにも柔肉が盛り上がり、味わいが変化してきた。

「あう、出るわ……」

萌子が両手で彼の頭に摑まりながら言うなり、チョロチョロと熱い流れがほとばしってきた。それを口に受けて味わい、やや濃い匂いと味に酔いしれながら喉を潤した。

勢いが増すと口から溢れた分が肌を伝い流れ、完全に勃起したペニスが温かく浸された。

「アア、変な気持ち……」

萌子はゆるゆると放尿しながら喘いでいたが、間もなく流れが治まった。

文也は余りの雫をすすって柔肉を舐め、新たに溢れる愛液を味わった。

「あう、もういいわ……」

萌子が言って股間を引き離し、足を下ろして椅子に座り込んだ。

彼は唇を重ねて舌をからめ、彼女の手をペニスに導きながら唾液をすすった。

さらに萌子の口に鼻を押し込み、悩ましい匂いを胸いっぱいに嗅いで高まっていった。

「お口でしてくれる?」

「いいわ、いっぱいミルク飲んでくれたから、今度は私が飲んであげる」

彼が言ってバスタブのふちに腰を下ろして股を開くと、萌子も答えて顔を寄せてきた。

両手で幹を挟むと尿道口をチロチロと舐め、張り詰めた亀頭にしゃぶり付きながら、たまにチラと目を上げて彼の反応を見た。

　そしてスッポリと根元まで呑み込んで吸い付き、クチュクチュと舌をからめて唾液にまみれさせると、徐々に顔を前後させスポスポと強烈な摩擦を開始してくれた。

「ああ、いきそう……」

　文也が急激に高まって喘ぐと、萌子も熱を込めて摩擦し、同時に吸引と舌の蠢きを続けた。すると、たちまち彼は絶頂の快感に全身を貫かれ、ありったけのザーメンを噴出させた。

「アア、気持ちいい……！」

　喘ぎながら勢いよくほとばしらせると、

「ンン……」

　萌子は喉の奥に受け止めながら呻き、さらに最後の一滴まで吸い取ってから動きを止めた。文也も、まるで残尿を絞るように出しきり、美女の口を汚す快感に身を震わせた。

　彼女は口に溜まったザーメンをゴクリと飲み干し、

「く……」

　文也はキュッと締まる口腔に刺激され、駄目押しの快感に呻いた。

ようやく彼女が口を離すと丁寧に濡れた尿道口を舐め回してくれ、

「あうう……、も、もういいです……」

文也は過敏に幹を震わせながら言い、うっとりと余韻に浸ったのだった。

3

「冬月君、少し見ない間に変わったわね」

大学の帰り、文也は四年生の海堂沙希《かいどうさき》に声をかけられた。彼女は二十二歳で、就活をしているので古代史サークルは退部していた。

「こんにちは。お久しぶりです。そうでしょうか」

「ええ、自信に満ちた感じだわ」

沙希が、長い黒髪に神秘的な眼差しで文也を見つめた。もともとオカルト好きで妖しい雰囲気があり、もちろん文也が妄想オナニーでもお世話になった一人である。

「もしかして、女を知った？」

沙希が、表情も変えずに切れ長の目で大胆に訊いてきた。

「まあ、そんなところにしておきましょう」

「誰？　まさか、怜奈ということはないだろうけど」

彼が答えると、沙希が急に身を乗り出し、目を輝かせて訊いた。

「それとも無垢らしい美樹か、由香利先生ということもないし、あるいは単に近所のおばさんとか」

そのどれもと関係を持ったと知ったら、沙希はどんな顔をするだろうか。

まして飛天女のような能力を持ったと知ったら、神秘好きの彼女には堪らないだろう。

「そ、そんなに興味があるんですか」

「あるわ。浅井や結城のパシリにされていたようだけど、急に堂々としてきたから、どんな相手が君の力になったのかと」

どうやら彼女は、文也がオカルトや女性の力でも使わないと女性体験できないと思っていたのかも知れない。

とにかく沙希は神秘的なものが好きで、古代史サークルもそうしたものを求めて入っていたが、就活というばかりでなく、地味な活動ばかりだったから脱退したのかも知れない。

「ああ、あの二人は退部しました。今はサークルも、僕以外は女性ばかりです」

「そう、差し障りのない範囲で知りたいわ。力の秘密を。これから私の家に来る時間はある？」

「ええ、ありますけど」

「じゃ行きましょう」

彼が答えると、沙希は急に早足になって大学を出た。

「それより就職は決まったのですか？」

「ええ、出版社に入って取材記事を書くわ」

訊くと沙希が答え、さる大手の出版社が出している幻想雑誌の名を言った。

「それはおめでとうございます。じゃ残り少ない大学生活で、彼氏でも作りますか？」

「そんなものは要らないわ」

彼女が言う。沙希は今までも、恋人を持ったことはなかったようだ。

「自分には神秘の力あると信じていたの。それには処女のパワーが必要だと思っていたのよ」

沙希は、そのため今日まで処女を保ったようだった。

やがて近くにあるハイツに着き、沙希は彼を自分の部屋に招き入れた。

「よく女子高で多くポルターガイスト現象が起きるというでしょう。それは抑圧された処女のエネルギーと言われているわ」

部屋に入っても、まだ沙希はその話を続けていた。

ワンルームだが、ベッドと机以外は夥《おびただ》しい神秘学や古代史の書籍で溢れ返っていた。それでも生ぬるく、甘ったるく籠もる女子大生の体臭ははっきりと感じられた。

「でも間もなく就職だし、そうした趣味は卒業しようと思うの。私の処女をあげるから、最後の儀式に付き合って」

言われて、文也は急激にムクムクと勃起してきた。

「どうすればいいですか」

「全部脱いで、ベッドに寝て」

訊くと沙希が答え、自分も服を脱ぎはじめた。

文也は興奮しながら手早く全裸になって、ベッドに横たわった。やはり枕には濃厚に沙希の髪や汗の匂いが沁み付いていた。

(これで三人目の処女か……)

文也は勃起しながら思った。しかも同じ処女でも、皆それぞれ年齢もタイプも違うのだ。

二十一歳の怜奈は高慢なお嬢さまだし、十八歳の美樹は可憐な美少女、そして二十二歳の沙希は不思議美女である。

やがて沙希も一糸まとわぬ姿になり、色白の肌に長い黒髪が映えた。

ほっそりとして見え、ウエストもくびれているが着痩せするたちなのか、乳房は豊かに弾み、腰のラインも豊満であった。

「じゃ、テレパシーを送るから感じたら言って」

沙希は床に座って言い、半眼になって両手を合わせた。そして何やら念じているようだが、もちろん何も伝わってこない。

その代わり、文也は仰向けのままフワリと全身を浮かせてやった。

「ひい……！」

沙希が息を呑み、激しく仰け反って後退した。

日頃落ち着き払って神秘を解いているが、いざ超常現象を現実に目の当たりにすると、ごく普通の女の子の反応であった。

文也は、すぐに仰向けのままベッドに戻った。

「や、やっぱり私には力が備わっていたんだわ。処女を失う覚悟をしたら、人を浮かせるだけのパワーが……！」

「い、いえ、実は……」

「もう就職も止めて、力の開発に専念するわ」

「それはいけません。せっかく就職が決まったんだから。どうか聞いて下さい。今のは、僕自身の力で浮いたんです。ほら」

文也は言い、また全身を浮かせて上下左右に舞って見せた。

「ひいい……！　何これ……」

沙希は声を震わせ、目の前で起きていることを信じられない思いで見つめた。

「ど、どういうことなの……」

「飛ぶ力が備わってるんです。恐らく僕はかぐや姫の子孫で、月と地球の引力と重力が自在に使えるようです」

文也は言い、月見山で崖から落ちたことからざっと話した。

どうせ原因も理由も分からないのだから、学究肌の由香利だけでなく、神秘好きの沙希にも話して良いような気がしたのである。

もちろん由香利だけが、彼の秘密を知っていることは言わなかった。

そして沙希も、決して人には言わないだろうと思った。もともと友だちも恋人もいなくて済むタイプだし、人に言っても誰も信じないということぐらい分かるだろう。

「じゃ、私はただの人間に過ぎず、初めての男になる君が超人……。なんて素敵なことかしら……！」

沙希は感極まったように言い、ベッドに上ってきた。

もうオカルト儀式は気が済んだようだから、文也も添い寝してきた彼女の胸に顔を埋め込んだ。

ピンクの乳首にチュッと吸い付いて舌で転がすと、

「アア……！」

沙希が長い髪を振り乱して顔を仰け反らせ、熱く喘いだ。

甘ったるい濃厚な汗の匂いに混じり、彼女の熱く湿り気ある吐息も甘く鼻腔をくすぐってきた。吐息は白粉花のような刺激を含み、また他の処女とは違った趣だった。

彼女が仰向けになって身を投げ出してきたので、文也ものしかかって左右の乳首を交互に含み、念入りに舐め回して顔中で膨らみを味わった。

豊かな膨らみは、さすがに無垢な張りと弾力を秘め、彼はさらに腋の下にも鼻を埋め込んで蒸れた湿り気を嗅いだ。

甘ったるい汗の匂いが馥郁と生ぬるく鼻腔を刺激し、うっとりと胸に沁み込んでいった。

そして白く滑らかな肌を舐め降り、腹の真ん中に行って形良い臍を舐め、弾力ある腹部に耳を押し当てた。奥からは微かな消化音が聞こえ、神秘の美女でも体内は通常のメカニズムが働いているのだなと思った。

腰から太腿、脚を舐め降りたが肌は実にどこもスベスベである。彼氏もいないのだからろくにケアもしていないだろうに、元から体毛が薄く肌も透けるように白いようだった。

足裏まで行って踵から土踏まずに舌を這わせ、細くしなやかな指に鼻を割り込ませて嗅ぐと、そこはやはり汗と脂にジットリ湿り、ムレムレの匂いが濃く沁み付いていた。

文也は美女の足の匂いを貪り、爪先にしゃぶり付いて順々に舌を挿し入れて味わった。

「あう……！」

沙希が、下半身をガクガク震わせて呻いた。

文也は両足とも味と匂いを貪り尽くすと、股を開かせて脚の内側を舐め上げていった。

ムッチリした内腿を舐め上げ、無垢な割れ目に迫ると、悩ましい匂いを含んだ熱気と湿り気が顔中を包み込んできた。

4

「アア……、恥ずかしいわ。見られるの初めて……」

文也の熱い視線と息を股間に感じ、沙希が羞恥にヒクヒクと白い下腹を波打たせて言った。

股間の丘に茂る恥毛は意外に濃く密集し、割れ目からはみ出す花弁はさすがに綺麗なピンクで小振りだった。

そっと指を当てて左右に広げると、ヌメヌメと濡れた膣口の襞が息づき、小さな尿道口も見えた。包皮の下からは小指の先ほどのクリトリスが、光沢を放ってツンと突き立っている。

もう堪らずに顔を埋め込み、柔らかな茂みに鼻を擦りつけて嗅ぐと、やはり甘ったるい濃厚な汗の匂いに混じり、ほのかな残尿臭とチーズ臭が鼻腔を刺激してきた。

胸を満たしながら舌を這わせ、淡い酸味のヌメリを掻き回して、膣口からクリトリスまで舐め上げていくと、

「アアッ……、舐められているわ……」

沙希が熱く喘ぎ、感激に声を震わせながら内腿でキュッときつく彼の両頬を挟み付けてきた。

長年処女を保ってきたから欲望や好奇心は絶大で、元々それほど文也を意識してきたわけではないだろうが、超人を相手にしていることで悦びも大きいようだった。

文也は三つ年上の処女の味と匂いを貪り、さらに沙希の両脚を浮かせ、白く豊満な尻の谷間に迫った。キュッと恥じらうように閉じられたピンクの蕾に鼻を埋め、蒸れた微香を嗅いでからチロチロと舌を這わせ、ヌルッと潜り込ませて滑らかな粘膜を味わうと、

「あう……！」

沙希が驚いて呻き、キュッと肛門で舌先を締め付けてきた。

文也は舌を蠢かせ、充分に愛撫してから顔を離して脚を下ろし、再び割れ目に戻ってヌメリをすすり、クリトリスに吸い付いていった。

「アア……、もうダメ……」

すっかり絶頂を迫らせたように沙希が言い、彼の顔を股間から突き放した。

文也が身を起こすと、彼女は枕元の引き出しを開け、何かを取り出した。

覗くと、意外にも中にはペニスを模したバイブが入っていた。

どうやら沙希は、生身の男とするのは初めてだが、バイブの挿入体験はあり、貫かれる快感も知っているようだった。

処女であって処女でない、何やら妖しい雰囲気の沙希らしかった。

しかし彼女が文也に手渡したのはバイブではなく、楕円形のピンクローターであった。

「これをお尻に入れて、それから初体験したいわ……」

沙希が言い、文也も受け取って腹這いになった。すると彼女は自ら両脚を浮かせて抱え、尻を突き出してきたのだ。

文也は、もう一度たっぷりと唾液を出して蕾を舐めてやった。

そしてローターをあてがい、親指の腹でゆっくり押し込んでいった。肛門が丸く押し広がり、襞が伸びきってピンと張り詰めて光沢を放った。

「あうう……、もっと奥まで、強く押し込んでいいわ……」

彼女が呻き、モグモグと深くローターを呑み込んでいった。

やがて見えなくなると肛門が閉じられ、あとは電池ボックスに繋がるコードが伸びているだけだった。

文也がスイッチを入れると、奥からブーン……と低くくぐもった振動音が聞こえてきて、内部で繋がっているように割れ目が妖しく蠢いた。

「アア……、いいわ、いれて……」

沙希が言い、文也も興奮に激しく勃起しながら身を起こし、正常位で股間を進めていった。

バイブ挿入に慣れているなら、遠慮することなく、濡れた膣口に先端を擦りつけ、一気にヌルヌルッと根元まで貫いた。

「あう、いい……！」

沙希がビクッと顔を仰け反らせて呻き、文也もきつい締め付けを感じながら股間を密着させ、身を重ねていった。

肛門にローターが入っているため膣の締まりが倍加し、間の肉を通してペニスの裏側にも振動が伝わってきた。

これは初めての感覚で、彼は動かずに温もりと感触を味わった。

「ああ……」

沙希は喘ぎながら、下から両手を回してしがみつき、前後の穴を刺激されながらクネクネと悶えた。

彼は上からピッタリと唇を重ね、舌を挿し入れて綺麗な歯並びを舐め回した。

沙希も歯を開いて受け入れ、チロチロと舌をからめながら、ズンズンと股間を突き上げはじめた。

こんなにも快感に貪欲な処女が他にいるだろうか。

大量の愛液が溢れて動きを滑らかにさせ、クチュクチュと卑猥に湿った摩擦音が響いた。さらに彼女が肛門をきつく締め付けるたび、内部のローターがブンブンと悲鳴を上げるのだ。

彼も腰を突き動かしはじめると、

「アア……、いきそう……!」

沙希が口を離して仰け反った。

口から吐き出される息は火のように熱く、ほのかな湿り気を含んで白粉花のような匂いが悩ましく彼の鼻腔を刺激してきた。

文也は唾液に濡れた彼女の唇に鼻を擦りつけて匂いを貪りながら、肉襞の摩擦とローターの振動の中、たちまち昇り詰めてしまった。

「く……！」

大きな快感に呻きながら、熱い大量のザーメンをドクンドクンと勢いよく中にほとばしらせると、

「あう！　熱いわ、すごい……、いく、アアーッ……！」

噴出を感じた途端に沙希が声を上ずらせ、ガクガクと狂おしいオルガスムスの痙攣を開始した。確かにバイブは射精しないから、その脈打ちと温もりが良かったのだろう。

収縮も激しくなり、文也は射精するというより吸い出される心地で快感を味わい、心置きなく最後の一滴まで出し尽くしてしまった。

満足しながら動きを止め、グッタリと沙希にもたれかかると、彼女もいつしか硬直を解いて四肢を投げ出していた。互いの荒い呼吸に混じり、まだローターの音が響いていた。

沙希は目を閉じ、満足げに余韻に浸りながら荒い呼吸を繰り返し、文也も膣内でヒクヒクと幹を過敏に震わせ、彼女のかぐわしい吐息を嗅いでうっとりと余韻を味わった。

ようやく身を起こし、股間を引き抜いて割れ目を見たが、もちろん出血などはない。文也はスイッチを切ると、コードを摑んでゆっくりローターを引っ張り出した。

見る見るピンクの蕾が丸く押し広がり、奥からローターが顔を見せて、徐々に出てきた。

ローターの表面に汚れの付着はなく、やがて排泄するようにツルッと抜け落ちると、一瞬開いて粘膜を覗かせた肛門が、徐々につぼまって元の可憐な形状に戻っていった。

それをティッシュに包んで置き、互いの股間の処理はせず彼女を起こしてベッドを降りた。支えながらバスルームに行くと、沙希は魂が抜けたように椅子に座り込み、それでもシャワーの湯を出してくれた。

「ああ、まだ力が入らないわ……」

彼女が言い、文也がノズルを持って互いの全身を洗い流した。

もちろんまだしゃぶってもらっていないし、一回の射精で治まるはずもないから、すぐにもペニスはムクムクと回復してきた。

「ね、私がしがみついていたら一緒に浮かぶの……?」

沙希が、ようやく呼吸を整えて言った。

「しがみつかなくても、触れ合っていれば浮かぶよ。そうだ、僕の顔に跨がって空中でオシッコして」

文也は言い、彼女を立たせて股間に顔を埋めた。

「アア……、どうすればいいの……」

「力を抜いて、そのまま出して」

彼は言い、一緒にフワリと浮き上がった。ちょうど仰向けに近い彼の顔に、沙希が跨がったまま浮遊した感じである。

「ヒッ……、恐いわ。すぐ漏らしそう……」

両足が床から離れると沙希が息を呑み、バランスを取ろうと腰をよじらせたが彼女も浮いているので文也の顔に体重はかからない。

匂いの薄れた割れ目に鼻と口を密着させ、彼が舌を挿し入れて蠢かすと、新たな愛液の溢れる柔肉の味と温もりが変わった。

「あう、本当に出るわ……」

沙希が言うなり、チョロチョロと熱い流れが彼の口に注がれてきた。

味と匂いは淡く清らかで、文也はうっとりと飲み込みながら甘美な悦びに包まれ、流れも徐々に勢いを増していったのだった。

5

「アア……、いい気持ち……」

沙希が声を震わせて放尿を続けた。まだ快感の余韻で朦朧とし、羞恥より排尿快感の方が大きいようだった。

長く続いていた流れもようやく勢いが衰えて治まり、文也は残り香の中で余りをすって割れ目を舐め回した。

そしてゆっくり着地し、彼女を下ろすともう一度シャワーで互いを流し、身体を拭いて部屋のベッドに戻った。

文也は仰向けになると、沙希は自分から彼の股間に顔を寄せてきた。

やはりバイブとは違う、生身のペニスに激しい興味を向けてきたのだ。

大股開きになると彼女は腹這い、長い髪でサラリと下腹と内腿をくすぐって熱い視線を注いだ。

「これが本物なのね……」

沙希は言い、幹を撫で回し、張り詰めた亀頭にも触れた。陰嚢もいじってから彼の両脚を浮かかし、肛門まで覗き込んできた。

何しろローターを入れるぐらいだから、男の肛門にも興味があるのだろう。

「舐めて……」

文也も浮かせた両脚を自分で抱え、彼女の鼻先に尻を突き出して言った。

沙希はすぐに舌を伸ばしてチロチロと肛門を舐め、襞を濡らしてヌルッと潜り込ませてくれた。

「あう……、気持ちいい……」

文也は妖しい快感に呻き、モグモグと美女の舌先を締め付けた。

沙希が熱い鼻息で陰嚢をくすぐりながら、内部で舌を蠢かせると、勃起したペニスが連動するようにヒクヒクと上下に震えた。

気が済んだように舌を引き抜いたので、彼も脚を下ろすと、沙希は陰嚢をしゃぶって睾丸を転がし、顔を進めてペニスの裏側を舐め上げてきた。

滑らかな舌が先端まで来ると、粘液の滲む尿道口を舐め回し、張り詰めた亀頭を含み、丸く開いた口でゆっくりと根元まで呑み込んでいった。

「ああ……」

文也は温かく濡れた美女の口に深々と含まれ、快感に喘いだ。

沙希も幹を締め付けて吸い付き、熱い鼻息で恥毛をくすぐりながらクチュクチュと舌をからめてきた。

たちまち彼自身は生温かな唾液にまみれて震え、ズンズンと突き上げると、

「ンン……」

沙希も熱く鼻を鳴らし、顔を上下させてスポスポと摩擦してくれた。

「ああ、気持ちいい。いきそう……」

すっかり高まった彼が言うと、沙希がスポンと口を離した。

「どうする？　お口に出す？　飲んでみたいわ……」

「でも、また一つになりたい。跨いで上から入れて」

彼女が言い、文也は挿入を求めた。何しろ沙希の唾液と吐息をもっと味わいたかったからだ。

「いいわ、じゃまた浮かんでくれる？」

沙希が言って身を起こし、前進して彼の股間に跨がってきた。

バイブで挿入には慣れているようだから、彼女は先端に割れ目を押し当て、ゆっくり腰を沈めて膣口に受け入れていった。

たちまちペニスは肉襞の摩擦を受けながら、ヌルヌルッと滑らかに根元まで嵌まり込み、股間が密着した。

「アア……、いい気持ち……」

沙希が顔を仰け反らせて喘いだが、すぐに身を重ね、文也の肩に腕を回してきた。胸に柔らかな乳房が押し付けられて弾み、肌の前面が吸い付くように密着してきた。

「浮いて……」

彼女が言うので、文也も下から両手でしがみつき、両膝を立てて尻を支えながら浮遊した。

「あう……、すごい……」

沙希が歓声を上げるように言い、超常現象の興奮に膣内の収縮と潤いの分泌が活発になった。

文也は唇を重ねて舌をからめ、美女の生温かな唾液を味わった。

浮いてしまえば、もう女上位も正常位もなく、様々に上下が入れ替わって重みも感じない無重力となった。

「アア……、夢のようだわ……」

沙希が口を離して喘ぎ、吐息のかぐわしい刺激が彼の鼻腔を掻き回した。

「唾を飲ませて……」

囁くと彼女も懸命に唾液を分泌させ、口移しにトロトロと注ぎ込んでくれた。

文也は小泡の多い生温かな粘液をうっとりと味わい、喉を潤してうっとりと酔いしれた。

「顔中もヌルヌルにして……」

さらにせがむと、沙希も舌を這わせ、彼の鼻の穴から頬までヌラヌラと唾液にまみれさせてくれた。文也は唾液と吐息の匂いで鼻腔を刺激され、ズンズンと激しく股間を突き動かした。

「ああ……、いい気持ち。もっと奥まで突いて……」

彼女も、すっかり肉棒の感触に夢中になって喘ぎ、キュッキュッと締め付けながら腰を遣いはじめた。大量の愛液が溢れて動きが滑らかになり、糸を引いてベッドにまで滴った。

「い、いきそうよ……」

今度は先に彼女が絶頂を迫らせ、声を上ずらせながらぶつけるように腰を動かしてきた。

文也も激しく高まり、美女の開いた口に鼻を押し込んで熱く湿り気ある息を嗅いだ。彼女本来の匂いである白粉花の口臭に、唾液の匂いと、下の歯の裏側のうっすらしたプラーク臭も甘酸っぱく混じり、鼻腔を刺激しながら胸に沁み込んでいった。

「い、いく……！」

文也が昇り詰めて口走ると同時に、

「き、気持ちいいわ、ああーッ……！」

沙希も声を上げてオルガスムスに達したようだ。宙に舞いながら互いの股間をぶつけ合い、文也は心ゆくまで摩擦快感を味わい、最後の一滴まで出し尽くしていった。

そして満足しながらゆっくり女上位でベッドに降りていくと、

「アア……」

沙希も声を洩らし、そのままグッタリともたれかかってきた。

今度は心地よく重みを受け止め、文也は徐々に突き上げを弱めていった。

膣内も貪欲な収縮を繰り返し、やがて彼が完全に動きを止めてもきつく締め上げられ、過敏になった幹がヒクヒクと震えた。

沙希も満足げに荒い呼吸を繰り返して体重を預け、文也は執拗に彼女の口に鼻を押し付けて、悩ましい息の匂いを嗅ぎながらうっとりと快感の余韻を味わったのだった。

すると呼吸も整わないうち、沙希が股間を引き離して顔を移動させ、愛液とザーメンにまみれた先端に鼻を寄せた。

「これがザーメンの匂い……」

彼女は言って嗅ぎ、舌を這わせて雫を味わった。

「生臭いわ。でも生きた精子なのね……」

言いながら念入りにしゃぶり、ヌメリを綺麗にすってくれた。まるで彼の神秘の力が欲しいかのようだ。

沙希にとって生きた精子の混じるザーメンは、魔術の材料のようなものかも知れない。

「く……、も、もういい……」

文也はクネクネと腰をよじり、幹を過敏に震わせながら降参した。

ようやく沙希も口を離して戻り、添い寝してきたので文也はお姉さんに甘えるように腕枕してもらった。

「とうとう処女を卒業したわ……。しかも超人と……」

沙希が感慨深げに言い、彼の顔を胸に抱いて髪を撫でてくれた。

「それで、君の童貞は誰に捧げたの？」

「大家のおばさん……」

訊かれて、文也は無難なところを答えた。

「なあんだ、サークルの誰かじゃないのね。でも風俗よりマシだわ。だけどおばさんとなると、口説いたというより奪われたようなものじゃない？」

沙希が言い、文也は彼女の悩ましい匂いの息を嗅ぎながら、余韻を味わい、呼吸を整えた。

「ね、今度夜にでも、一緒に空を飛んでみたいわ」

「うん、でもあんまり普通じゃないことをすると、現実世界が上手くいかなくなるよ」

沙希はなまじ神秘学に凝っていたから、なおさら現実逃避が心配であった。

「大丈夫、そんなにヤワじゃないわ」

「じゃ今度良い時に」

言われて彼も答え、沙希の胸に抱かれながら眠ってしまいたいような気持ちになった。射精の前では興奮し、あとでは安らぎに包まれる、そのどちらも実に心地よいものであった。

第五章　お嬢さまと後輩

1

「あの夜のことは、あんまり記憶がないわ」

怜奈が、歩きながら文也に言う。大学を出て、これから美樹のハイツに向かっているのだ。

怜奈は妹分の美樹に言い、これから二人で行くと連絡してあるらしい。

「きっと誰か、通りかかった善意の第三者が、気を失った私を運んでくれたんだわ。私がどこの誰か知っている人が」

「そうですか。とにかく無事で良かったですね」

文也も話を合わせながら答えた。放置した車も、今は回収してメンテしているようだ。

しかし冷静に考えれば、あんな豪雨の中で通りかかる人などいないだろう。

それに気を失っている彼女を屋敷まで運んだのなら、インターホンだけ押して姿を消すわけもない。

それでも怜奈は、幼い頃から周囲の多くの人に面倒を見てもらっているから、そうしたこともあるぐらいに思っているようだった。

そして黒ずくめに満月の印を付けたムーンキッドに助けられたことなどは、どうやら怜奈の中で夢だったと処理されているのだろう。

「とにかく一人でのんびり出来たけど、最後は良くなかったわ」

怜奈は相変わらず、高慢なお嬢さまの口調であった。

母親の前では、素直に文也への思いを口に出したようだが、こうして面と向かうと、羞恥とプライドによるものか、どうしても突き放すような言い方になってしまうのである。

文也は、久々に怜奈に会えたので嬉しく、股間が熱くなってしまったが、美樹の家へ行くのではお茶とお話で終わってしまうだろう。

やがてハイツに着くと、美樹が二人を迎え入れてくれた。

前から二人は仲良しで、怜奈は美樹をお人形のように扱い、月見山のハイキングでも何かと従えておやつを分け合っていたものだ。二人とも一人っ子だから、姉妹のような感覚でいるのかも知れない。

文也は、室内に籠もる美樹の体臭に、怜奈の匂いも混じりはじめたのを感じて勃起しはじめてしまった。

すると二人もそうした気持ちでいたらしく、

「ね、脱いで寝て」

怜奈が文也に言い、彼は驚いた。

美樹も頰を上気させ、期待に目をキラキラさせているので、どうやら女同士で打ち合わせていたのだろう。

(さ、三人で……?)

文也は思い、痛いほど股間を突っ張らせた。それは何という贅沢な行為であろうか。

ただ二人が、すでに文也と関係を持っていることまで知っているのかどうか、それは分からなかった。とにかく美樹は怜奈に従うだけである。

文也は手早く服を脱ぎ去り、全裸になってベッドに横たわった。

枕に沁み付いている美少女の匂いを味わいながら見ると、二人も黙々と脱ぎはじめたではないか。

どうやら本気で三人の戯れをするつもりらしく、彼は勃起が増していった。

たちまち室内に、二人分の新鮮な匂いが生ぬるく混じって籠もり、見る見る白い肌が露わになっていった。

やがて一糸まとわぬ姿になると、二人はベッドに乗って左右から文也に迫ってきた。

「いい？　すごく勃ってるけど、そこは最後よ」

「ええ……」

怜奈が言うと、美樹がチラとペニスを見て頷いた。この分では、美樹は自分が文也に処女を捧げたことは言っていないようだ。そして怜奈は、自分の男を妹分に分け与える喜びを感じているのかも知れない。

怜奈も、文也を年上の美女には渡したくないだろうが、汚れない美少女になら施しを与えるように、優越感混じりに大人の世界を見せてやりたいと思っているのだろう。

「いい？　最初は二人で好きにするから、じっとしていて」

　怜奈が言い、屈み込んでチュッと彼の乳首に吸い付いてきた。

　すると美樹も、もう片方の乳首に唇を押し当て、二人でチロチロと舌を這わせはじめたのである。

「あう……」

　文也は思いがけない快感に呻き、身を強ばらせながら屹立したペニスをヒクヒク震わせた。二人も熱い息で肌をくすぐりながら舌を這わせ、無邪気にチュッチュッと音を立てて吸い付いた。

「か、嚙んで……」

　文也がダブルの快感に身悶えながら言うと、二人も綺麗な歯並びでキュッと乳首を嚙んでくれた。

「く……、気持ちいい、もっと強く……」

　息を弾ませて言うと、二人もやや力を込め、咀嚼するようにキュッキュッと前歯で刺激してくれた。

　そして乳首を離れて肌を舐め降り、脇腹や下腹も舌と歯で愛撫しながら、徐々に下降していったのだった。

怜奈が言ったように股間は避けるように、腰から太腿、脚を舐め降り、とうとう二人は日頃文也がするような順序で、左右の足裏にまで舌を這わせ、爪先にしゃぶり付いてきたのである。

「あう、いいよ、そんなことしなくても……」

彼は申し訳ないような快感に言ったが、二人は愛撫と言うより二人がかりで一匹の獲物を賞味しているだけで、思いのままに貪っているのだった。

美樹も、怜奈に従っているだけかと思っていたが、念入りに指の股にヌルッと舌を割り込ませてきた。

怜奈も厭わず全ての指の股を舐め、彼は生温かなヌカルミでも踏んでいるような感覚にゾクゾクと高まった。

何しろ気位の高いお嬢さまと、可憐な美少女が最も清潔な舌で男の足指をしゃぶっているのである。

舐め尽くすと、二人は口を離して彼を大股開きにさせ、脚の内側を舐め上げてきた。

そして内腿にもキュッと歯が食い込むと、文也は美しい牝獣たちに食べられているような快感にクネクネと悶え続けた。

二人は次第に頬を寄せ合って中心部に迫り、生温かく混じり合った息が股間に籠もった。

すると怜奈が、まず彼の両脚を浮かせ、二人で左右の尻の丸みを嚙み、舌を這わせ、先に怜奈が肛門を舐め回してくれたのだった。

「く……！」

ヌルッとお嬢さまの舌が潜り込むと、文也は贅沢な快感に呻き、キュッと肛門で怜奈の舌先を締め付けた。

彼女は内部で舌を蠢かせ、やがて口を離すと美樹が同じように舌を這わせ、ヌルリと潜り込ませてくれた。二人の舌の感触と温もりは微妙に異なり、そのどちらもが彼を高まらせ、ペニスは内部から刺激されるようにヒクヒクと上下しながら粘液を滲ませた。

やがて二人は充分に彼の肛門を舐めると脚を下ろし、今度は二人同時に陰囊にしゃぶり付いてきた。

頬を寄せ合ってそれぞれの睾丸を舌で転がし、混じり合った熱い息が股間に籠もり、袋全体がミックス唾液に生温かくまみれた。

たまにチュッと吸い付かれると、

「あう……」

急所を刺激された文也は、思わず呻いて腰を浮かせた。

いよいよ二人の舌は、肉棒の裏側と側面をゆっくり舐め上げ、先端に向かってきた。

そして沙希に怜奈が粘液の滲む尿道口をチロチロと舐め、美樹は張り詰めた亀頭に舌を這わせてきた。

さらに交互にスッポリと呑み込んで吸い付き、クチュクチュと舌をからませてから、吸い付きながらチュパッと引き抜くと、すぐに後退して含まれた。

「アア……」

これも夢のように贅沢な快感だった。代わる代わる呑み込まれると、ここでも口腔の温もりや舌の蠢きの違いがよく分かり、たちまち彼自身は混じり合った唾液に生温かくまみれて高まった。

「い、いきそう……」

あまりに強烈な快感に口走ったが、二人は愛撫を止めなかった。

それどころか怜奈が深々と含んで顔を上下させ、スポスポと濡れた口で摩擦しては、美樹と交代するのである。

まるで文也は、全身が縮小してかぐわしい美女と美少女の口に交互に含まれ、唾液にまみれて舌で転がされているようだった。

もうどうにも我慢できず、たちまち文也は大きな絶頂の快感に全身を貫かれ、許しも得ぬままドクンドクンと熱い大量のザーメンを、勢いよくほとばしらせてしまったのだった。

2

「い、いく……、ああーッ……!」

文也が快感に喘いで射精すると、

「ク……、ンン……」

ちょうど含んでいた美樹が、喉の奥を直撃されて呻いた。

すると怜奈が口を離させ、すぐにもパクッと亀頭を含んで余りを吸い出してくれたのだった。

「あう……」

お嬢さまに吸引され、文也は魂まで吸い取られる心地で呻いた。

やがて腰を浮かせてヒクヒク震えながら、心置きなく最後の一滴まで出し尽くすと、ようやく彼は硬直を解いてグッタリと身を投げ出した。

すると怜奈も、亀頭を含んだまま口に溜まったザーメンをゴクリと飲み込み、口を離して幹をしごいた。

美樹も濃い第一撃を飲み干し、怜奈と一緒になって雫の滲む尿道口をペロペロと舐め回してくれたのだ。女同士の舌が触れ合っても、全く気にならないようである。

「あうう……、も、もういい……、有難う……」

文也が腰をよじりながら言うと、ようやく二人も舌を引っ込めて顔を上げた。

彼はハアハアと荒い息遣いを繰り返し、夢のような快感の余韻に浸り込んでいった。

まさか自分の人生で、二十歳の令嬢と十八歳の美少女にダブルフェラをされる日が来るなど夢にも思っていなかったものだ。それは、ついこの間までの自分には考えられない幸運だった。

「ね、どうすれば回復するか言って。二人で何でもしてあげるから」

怜奈が、満足げに萎えかけたペニスを見下ろしながら言った。

「じゃ顔の左右に立って、足の裏を乗せて」

「いいわ、こう？」

文也が言うと怜奈が答え、美樹を促して一緒に立ち上がると彼の顔の左右にスックと立った。そして身体を支え合いながら片方の足を浮かせ、そっと彼の顔に乗せてきた。

「アア、気持ちいい……」

文也は二人分の感触にうっとりと喘ぎ、美しい二人の全裸を真下から眺めた。

どちらの脚もスラリとして健康的な張りを持ち、股間は二人とも濡れはじめているのが分かった。

彼は二人の足裏を舐め回し、それぞれの縮こまった指の間に鼻を押し付けて嗅いだ。二人とも実にムレムレの匂いを濃く沁み付かせ、指の股はジットリと汗と脂に湿っていた。

文也は二人分の蒸れた足の匂いを貪り、爪先をしゃぶって全ての指の股を味わった。

「あん、くすぐったいわ……」

美樹がビクリと反応して喘ぎ、彼は二人の足を交代させた。

文也はそちらの新鮮な味と匂いも貪り尽くすと、先に怜奈の足首を握って顔の左右に置いた。

「じゃ、しゃがんで」

真下から言うと、怜奈が和式トイレスタイルでゆっくりとしゃがみ込んで、濡れた割れ目を彼の鼻先に迫らせてきた。脚がM字になると、脹ら脛と内腿がムッチリと張り詰め、覆いかぶさる股間から発する熱気と湿り気が悩ましく彼の顔中を包んできた。

はみ出した陰唇が僅かに開き、ヌメヌメと潤いピンクの柔肉に、光沢あるクリトリスが覗いていた。

文也が抱き寄せる前に、怜奈の方からギュッと股間を彼の鼻と口に押し付けてきた。柔らかな茂みに鼻を埋めて嗅ぐと、汗とオシッコの匂いが混じり濃厚に鼻腔を刺激してきた。

「いい匂い……」

文也は思わず言いながら胸を満たし、舌を挿し入れて淡い酸味のヌメリを掻き回した。そして味と匂いにムクムクと回復しながら、息づく膣口からクリトリスまで舐め上げていった。

「アァッ……、いい気持ち……」

怜奈が熱く喘ぎ、腰をくねらせながらトロトロと新たな愛液を漏らしてきた。

文也も夢中になってクリトリスを舐め回し、たまにギュッと座り込まれる心地よい窒息感と、重みと温もりを味わった。

そして怜奈の尻の真下に潜り込み、ひんやりした丸い双丘を顔中に受け止め、谷間の蕾に鼻を埋め込んで嗅いだ。

蒸れた匂いが鼻腔を悩ましく刺激し、彼は胸を満たしてから舌を這わせ、さっき自分がされたようにヌルッと潜り込ませて滑らかな粘膜を味わった。

「あう……、も、もういいわ、美樹にもしてあげて……」

怜奈が、モグモグと肛門で舌先を締め付けながら、お姉さんらしく言って股間を引き離してきた。

股間の熱気から解放されると、急に顔中がひんやりするほどだ。

しかしすぐに美樹が、ためらいなく跨がってしゃがみ込んできた。

脚がムッチリと張り詰め、ぷっくりと丸みのある割れ目が鼻先に迫った。

処女を失ったばかりだが、はみ出した陰唇はヌメヌメと清らかな蜜に濡れているので、別に二人きりでなく、同性がいても気にならないようである。

文也は美少女の腰を抱き寄せ、柔らかな若草に鼻を擦りつけて嗅いだ。隅々には汗とオシッコと、ほのかなチーズ臭が混じって悩ましく鼻腔を掻き回し、彼は貪りながら舌を這わせていった。

息づく膣口の襞を探り、ヌメリを味わいながらクリトリスまで舐め上げると、

「アァッ……！」

美樹が喘ぎ、座り込まないよう両足を踏ん張った。

文也も、怜奈とは微妙に違う味と匂いを堪能してから、尻の真下に潜り込んで顔中に双丘を受け、可憐なピンクの蕾に鼻を押し付けて微香を嗅いだ。

すると、そのときペニスが生温かな空間に包まれたのだ。

どうやら見ているだけでは飽き足らず、怜奈が回復したペニスにしゃぶり付いてきたのだ。

文也は快感に幹を震わせ、美樹の肛門に舌を潜り込ませてキュッと締め付けられながら粘膜を味わった。

「あう……、変な気持ち……」

美樹が呻き、肛門を収縮させて腰をくねらせると、

「ンン……」

怜奈も根元まで呑み込みながら吸い付き、熱く鼻を鳴らした。

そして怜奈は充分に唾液に濡らし、ペニスが完全に元の硬さと大きさを取り戻したことを確認すると、身を起こして跨がってきたのだ。

先端を膣口に押し当て、息を詰めてゆっくり腰を沈み込ませると、たちまち屹立したペニスは、ヌルヌルッと心地よい肉襞の摩擦を受けながら根元まで滑らかに嵌まり込んでいった。

「アアッ……、いい……」

怜奈が深々と受け入れ、股間を密着させて座り込みながら、ビクッと顔を仰け反らせて喘いだ。

まだ二度目だが、そこはもう二十歳だし、美樹に手本でも見せようという意気込みもあるようで、痛みより一体感を味わっているようだった。

文也も温もりと締め付けに包まれながら幹を震わせ、美樹の尻から離れて再びクリトリスに吸い付いていった。

すると怜奈が、前にしゃがみ込んでいる美樹の背に摑まりながら腰を上下させはじめた。

「あう……、擦れていい気持ち……」

怜奈が呻き、次第に腰の動きをリズミカルにさせていった。愛液も充分で、すぐにも動きが滑らかになり、陰嚢の脇を伝い流れたヌメリが彼の肛門まで生温かく濡らしはじめていった。

文也もズンズンと股間を突き上げると、

「あ……、何だかいきそう……」

怜奈が息を詰めて言い、膣内の収縮を活発にさせた。

そして急にガクガクと全身を痙攣させ、前にいる美樹にもたれかかった。

「アァッ……、いい気持ち……」

怜奈が声を上ずらせて喘ぎ、どうやらまだ不完全ながらオルガスムスに達したようだった。二人きりでなく、美樹がいることも大きな刺激になったのかも知れない。

彼女の異変に美樹が文也の顔から離れ、痙攣する怜奈を見つめた。

「すごいわ、気持ちいいのね……」

美樹が言い、怜奈は力尽きたように突っ伏して彼に身を重ねてきた。

文也も股間を突き上げ続けたが、さっき二人に口内発射したため暴発の心配は当分なさそうだった。

「アア……、も、もういいわ……、美樹もしてみて……」

やがて怜奈が言って股間を引き離し、ゴロリと横になっていった。

すると美樹が身を起こし、怜奈の愛液にまみれ湯気さえ立てている先端に跨がり、割れ目を押し当ててきたのだった。

3

「あう……、熱いわ……」

ヌルヌルッとペニスを根元まで受け入れると、美樹がビクッと顔を仰け反らせて呻いた。やはり怜奈とは温もりも感触も異なり、文也は美少女の中に深々と入り込み、キュッときつく締め上げられながら快感を味わった。

そして横で荒い呼吸を繰り返している怜奈を抱き寄せ、ピンクの乳首にチュッと吸い付いて舌で転がした。

「アア……、いい気持ち……」

余韻に浸っていた怜奈もすぐに喘ぎはじめ、彼の顔中に張りのある膨らみを押し付けてきた。

文也は怜奈の左右の乳首を含んで舐め、腋の下にも鼻を埋め、濃厚に甘ったるい汗の匂いに噎せ返った。

さらに美樹を抱き寄せて潜り込み、美少女の乳首も順々に舐め回し、顔中で膨らみを味わいながら腋の下にも鼻を押し付けた。

汗の匂いも微妙に違い、そのどちらにも興奮を高めながら彼がズンズンと股間を突き上げると、

「ああ……」

美樹が熱く喘ぎ、溢れる蜜で動きを滑らかにさせた。

文也も、立て続けの快感だからすぐにも高まり、絶頂が迫ってきた。

僅かに両膝を立ててリズミカルに股間を突き上げ、膣内の摩擦を味わいながら彼は二人の顔を引き寄せ、同時に唇を重ねた。

「ンン……」

怜奈もすぐに舌を挿し入れて蠢かせ、熱く鼻を鳴らした。

文也は二人の舌を舐め回し、生温かく混じり合った唾液をすすって喉を潤した。

「もっと唾を出して……」

言いながら、垂らされるミックス唾液を味わい、突き上げを強めていった。

「アァッ……、何だか……」

美樹が口を離して喘ぎ、合わせて腰を遣いはじめた。

文也は美少女の口に鼻を押し込み、湿り気ある濃厚に甘酸っぱい息を嗅いで酔いしれた。

もちろん怜奈の口にも鼻を押し付けて熱い息を嗅ぎ、良く似た果実臭の吐息で鼻腔を満たした。混じり合った吐息フェロモンだけで、すぐにも彼は漏らしそうになってしまった。

「顔中ヌルヌルにして……」

言うと二人も舌を這わせ、垂らした唾液を彼の顔中にヌラヌラと塗り付けてくれた。

「ああ、いく……！」

文也は激しく高まり、突き上げを早めて二人分の唾液と吐息の匂いに昇り詰めていった。同時に、大きな快感に全身を包まれ、ありったけの熱いザーメンがドクンドクンと勢いよく美少女の中にほとばしった。

「あう……、感じる……」

美樹が噴出を受け止めて呻き、膣内をキュッキュッときつく締め付けてきた。

まだ快感には至らないだろうが、もう挿入の痛みはなく、この分ならオルガスムスまでいくらもかからないだろう。

文也は心ゆくまで贅沢な快感を味わい、最後の一滴まで出し尽くしていった。

すっかり気が済むと突き上げを止め、美少女の重みを受け止めながら力を抜いて身を投げ出した。

「アア……」

美樹も声を洩らしてグッタリともたれかかってきた。文也は膣内のペニスをヒクヒクと過敏に跳ね上げ、二人分の息の匂いを嗅ぎながら、うっとりと快感の余韻を味わったのだった。

「大丈夫……？」

怜奈が、美樹の背を撫でながら囁くと、彼女も小さくこっくりした。

「立てる？　シャワー浴びましょうね」

怜奈が言って支えながら美樹を起こしたので、文也も立ち上がって三人でバスルームに移動した。

そしてシャワーの湯で全身を洗い流すと、またもや彼はムクムクと回復しながら床に腰を下ろしたのだった。

「ね、左右から肩に跨がって、顔に割れ目を向けて」

文也が言うと、二人も立ち上がって両側から彼の肩を跨ぎ、顔に股間を向けてくれた。

「オシッコかけて」

「変態ね……」

彼が言うと怜奈が素っ気なく答え、それでも下腹に力を入れて尿意を高めはじめてくれた。すると美樹も、後れを取るまいと慌てて息を詰めた。

文也は二人の割れ目を交互に舐め、匂いは薄れてしまったが新たな蜜が溢れるのを感じた。

「あう、出るわ……」

先に怜奈が言い、割れ目内部の柔肉を蠢かせた。

たちまち熱い流れがチョロチョロとほとばしり、文也は舌に受けて味わい、悩ましい匂いで鼻腔を満たした。

「出ちゃう……」

すると続いて美樹も息を詰めて言い、ポタポタと温かな雫を滴らせて彼の肌を濡らし、間もなく勢いのついた流れを注いできた。

そちらにも顔を向け、文也は美少女の流れを口に受けて味わい、清らかな味と匂いを堪能して喉を潤した。

二人の流れを交互に味わうと、間もなく二人ともほぼ同時に流れを治め、彼はそれぞれの余りの雫をすすり、残り香の中で割れ目を舐め回した。

「も、もうダメ……」

怜奈が言って腰を引き、美樹も喘ぎながら座り込んだ。

文也はもう一度三人でシャワーの湯を浴び、身体を拭いて全裸のまま部屋のベッドに戻った。もちろん、もう一回ぐらい射精しないと気持ちが治まらないし、相手が二人だと回復も二倍の速さのようだった。

すると二人が、仰向けになった彼の股間に屈み込み、熱い息を籠もらせてペニスを舐め回してくれた。

「ああ……」

文也も快感に喘ぎ、ミックス唾液にまみれたペニスをヒクヒク震わせた。

「ね、今度は私の中でいって」

怜奈が言って身を起こし、彼の股間に跨がって濡れた割れ目を先端に押し付けてきた。

文也が美樹を添い寝させると、怜奈はすぐにも亀頭を膣口に納め、ヌルヌルッと滑らかに根元まで受け入れていった。

「アア……、いい気持ち……」

すっかり挿入快感に目覚めた怜奈は顔を仰け反らせて喘ぎ、完全に股間を密着して座ると、味わうようにキュッキュッときつく締め上げてきた。

文也も摩擦と温もりを味わうと、怜奈はすぐにも身を重ねてきて腰を動かしはじめた。

彼もズンズンと股間を突き上げてヌメリと締め付けに包まれ、ジワジワと高まってきた。そして上にいる怜奈と、横の美樹の顔を引き寄せ、また三人で鼻を突き合わせて舌を舐め合った。

二人分の生温かな唾液をすすり、甘酸っぱく混じった吐息を嗅ぐうち、たちまち文也は絶頂を迫らせながら、それぞれの濡れた口に鼻を擦りつけ、股間を突き上げて肉襞の摩擦を味わった。

「ま、またいっちゃう……! アアーッ……!」

たちまち怜奈が唾液の糸を引いて声を上ずらせ、ガクガクと狂おしい痙攣を開始したのである。

どうやら彼女も母親に似て、すぐにもオルガスムスに達しやすいタイプのようだった。

「いく……！」

その勢いに巻き込まれるように、続いて文也も口走り、大きな絶頂の快感に貫かれてしまった。同時にありったけの熱いザーメンがドクンドクンと勢いよく柔肉の奥にほとばしった。

「あう……、すごい……」

噴出を感じた怜奈が呻き、キュッときつく締め上げてきた。

文也は快感に包まれながら、心置きなく最後の一滴まで出し尽くし、満足しながら突き上げを弱めていった。

すると怜奈も肌の強ばりを解き、荒い呼吸で力を抜いてグッタリともたれかかって遠慮なく彼に体重を預けてきた。

文也は重みを受け止め、上と横からの温もりを味わいながら膣内でヒクヒクと過敏に幹を震わせた。

そして二人の吐き出す果実臭の息を嗅ぎ、熱く胸を満たしながら、うっとりと快感の余韻を味わったのだった……。

4

「怜奈が、浅井さんと結城さんの内定を取り消すように言ってきたわ。単なるわがままかと思ったけど、どうも人間的に良くない二人のようね」

美佐江が、モーテルの中で服を脱ぎながら文也に言った。

彼が連絡をもらって待ち合わせ場所に行くと、美佐江のベンツが迎えに来て、また同じモーテルに来ていたのだった。

「そうですか」

文也は答えたが、特にあの二人にもシラカワにも興味はない。怜奈のことも好きだが、それを就職に利用しようとも思わないし、まだ学生時代は長いので先のことはゆっくり考えようと思っていた。

「それより、会いたくて仕方がなかったわ」

美佐江は世間話を止めて言い、見る見る白い熟れ肌を露わにしていった。

文也も脱ぎながら、知っている女性の中では最年長の美佐江に激しい淫気を湧かせた。

まだ彼女は、娘の怜奈がすでに処女でないことは知らないようだ。何でも母親に話している怜奈も、さすがに肉体関係のことは言っていないのだろう。

文也は全裸になって先にベッドに横たわり、脱いでゆく美熟女を見つめた。

美佐江も気が急くように手早く最後の一枚を脱ぎ去ると向き直り、生ぬるく甘ったるい匂いを漂わせながら添い寝してきた。

「アア、可愛い……」

文也が腕枕してもらうと、彼女も感極まったように喘いでギュッと巨乳に抱きすくめてくれた。

やはり初回は緊張もあるが、二回目なので快楽への期待があり、さらに大きな悦びを得ようと貪欲になっているようだった。

彼は鼻先にある乳首にチュッと吸い付いて舌で転がし、顔中を押し付けて柔らかな巨乳の感触を味わった。

「あう、いい気持ち、何でも好きにして……」

美佐江が言い、仰向けの受け身体勢になった。

彼も熟れ肌にのしかかり、左右の乳首を交互に含んで舐め回した。

腋の下にも鼻を埋め込み、生ぬるく湿った甘ったるい汗の匂いを貪り、舌を這わせながら肌を下降していった。

舌先で臍を探って腹部の弾力を顔中で味わい、豊満な腰からムッチリした太腿へ降りていった。スベスベの脚を足首までたどり、足裏に舌を這わせ、指の間に鼻を割り込ませて嗅いだ。

今日も歩き回っていたようで、文也は蒸れた匂いで鼻腔を刺激されながら、汗と脂に湿った指の股を舐め、両足とも貪り尽くした。

そして股を開かせて脚の内側を舐め上げ、滑らかな内腿をたどって股間に迫っていった。

見ると陰唇と恥毛の下の方は、すでにヌメヌメと熱い愛液が雫を宿していた。指で広げると、かつて怜奈が生まれ出た膣口が妖しく息づき、真珠色の光沢を放つクリトリスも愛撫を待つようにツンと突き立っていた。

文也は吸い寄せられるように顔を埋め込み、茂みに鼻を擦りつけて生ぬるい汗とオシッコの匂いを貪り、舌を挿し入れていった。

淡い酸味のヌメリを掻き回し、膣口の襞を探ってから、ゆっくり味わいながらクリトリスまで舐め上げていくと、

「アアッ……、いい気持ち……！」

美佐江が身を弓なりに反らせて喘ぎ、内腿でキュッときつく彼の両頬を挟み付けてきた。

文也は上の歯で包皮を剝き、完全に露出した突起をチロチロと舌先で弾くように舐めては、溢れる愛液をすすった。

さらに彼女の両脚を浮かせ、逆ハート型をした豊満な尻の谷間に迫り、薄桃色の蕾に鼻を埋め込んで嗅いだ。

蕾の襞に籠もる蒸れた微香を嗅いでから、舌を這わせて濡らし、ヌルッと潜り込ませて滑らかな粘膜を探ると、

「く……！」

美佐江が熱く呻き、モグモグと味わうように肛門で舌先を締め付けてきた。

文也は舌を出し入れさせるように蠢かせ、ようやく脚を下ろして割れ目に戻り大洪水になっている愛液を舐め取った。

「い、入れて……」

すっかり高まった美佐江が言い、自ら大股開きになった。

文也も身を起こして前進し、幹に指を添えて先端を割れ目に擦り付けた。

充分にヌメリを与えてから亀頭を膣口に潜り込ませると、あとはヌルヌルッと滑らかに根元まで吸い込まれていった。

「アァッ……、いいわ……！」

美佐江が顔を仰け反らせて喘ぎ、キュッと締め付けてきた。

文也も深々と貫いて股間を密着させ、温もりと感触、収縮と摩擦を味わいながら脚を伸ばして身を重ねていった。

すると美佐江も両手を回して下からしがみつき、待ちきれないようにズンズンと股間を突き上げはじめたのだ。

「あうう、いい気持ち、もっと突いて、強く奥まで……」

彼女が甘い息で喘ぎ、文也は美熟女の白粉臭の吐息を間近に嗅いでからピッタリと唇を重ねていった。

そして滑らかに蠢く舌を舐め回し、生温かな唾液を味わいながら腰を遣いはじめると、

「ンンッ……！」

美佐江もチュッと彼の舌に吸い付いて呻き、互いの動きをリズミカルに一致させてきた。

泉のように溢れる愛液が律動を滑らかにさせ、ピチャクチャと淫らに湿った摩擦音が響き、揺れてぶつかる陰嚢も生温かく濡れた。

文也もジワジワと絶頂を迫らせると、腰の動きが止まらなくなり、いつしか股間をぶつけるように激しく動いていた。

しかし、そこで美佐江は腰の動きを止め、意外なことを言ってきたのである。

「ね、お尻に入れてみて……」

その言葉に、文也も思わず動きを止め、激しい好奇心を抱いた。

「大丈夫かな……」

「ええ、してみたいの」

彼女が答え、自ら両脚を浮かせて抱え込んだ。

文也もペニスを引き抜き、身を起こして見ると、割れ目から伝い流れた愛液が肛門をヌメヌメと彩っていた。

彼は幹に指を添えて先端を蕾に押し当て、

「無理だったら言って下さいね」

言いながら呼吸を計り、グイッと押し込んでいった。

すると可憐な蕾が襞を伸ばして丸く押し広がり、亀頭を呑み込んでいった。

タイミングも良かったのか、最も太いカリ首が入ってしまうと、あとは比較的滑らかにズブズブと根元まで押し込むことが出来た。

「アア……、こういう感じなのね……」

美佐江が目を閉じ、微かに眉をひそめながら感想を述べ、キュッと締め付けてきた。

文也も、美熟女の肉体に残った最後の処女の部分を味わいながら、膣内とは違う温もりと感触を噛み締めた。さすがに入り口はきついが、中は思ったより楽でベタつきもなく、むしろ滑らかだった。

股間を強く押しつけると、豊満な尻の丸みが下腹部に密着して、何とも心地よく弾んだ。

「いいわ、突いて中に出して……」

美佐江が僅かに脂汗を滲ませて言い、自ら乳首をつまみ、空いている割れ目にも指を這わせはじめた。愛液に濡れた指の腹でクリトリスを擦ると、クチュクチュと音がした。

その淫らな仕草に興奮を高め、文也も様子を探りながら小刻みに腰を突き動かしはじめた。

「アア……、い、いきそう……」

美佐江が声を上ずらせると、膣内と連動するように直腸内も収縮を増した。しかも初めてのアナルセックスの感覚に加え、彼女は自ら乳首とクリトリスを愛撫しているのだ。

文也も高まり、尻の丸みに股間をぶつけるように動き続けた。

「い、いっちゃう……、アアーッ……!」

たちまち美佐江が声を上げ、ガクガクと狂おしいオルガスムスの痙攣を開始した。同時に文也も、膣内とは違う感覚に高まって、そのまま昇り詰めてしまったのだった。

「く……!」

快感に呻きながら、熱い大量のザーメンをドクンドクンと勢いよく内部にほとばしらせると、

「あう、感じるわ。もっと出して……」

美佐江が噴出を感じて呻き、内部に満ちるザーメンで動きがさらにヌラヌラと滑らかになった。文也は摩擦快感に包まれながら、心置きなく最後の一滴まで出し尽くしていった。

満足しながら動きを止めると、美佐江も乳首とクリトリスから指を離してグッタリと身を投げ出した。

すると肛門の締め付けとヌメリで、引き抜こうとしなくてもペニスが押し出され、やがてツルッと抜け落ちた。肛門も一瞬開いて粘膜を覗かせたが、徐々にすぼまっていった。

文也は、美女に排泄されたような興奮を覚えたのだった。

5

「オシッコしなさい。中も洗い流した方がいいから」

バスルームで、美佐江がボディソープを付けたスポンジで甲斐甲斐しくペニスを洗ってくれながら文也に言った。

彼も回復しそうになるのを堪え、懸命に尿意を高めると、ようやくチョロチョロと少しだけ放尿した。

出しきると美佐江が屈み込み、消毒するようにチロッと尿道口を舐めてから、あらためてシャワーの湯で洗い流してくれた。

「ね、美佐江さんもオシッコして」

文也は床に座り、ムクムクと回復しながら言って、彼女を目の前に立たせた。前回は果たせなかったので、期待しながら美佐江の片方の足を浮かせてバスタブのふちに乗せ、開いた股間に顔を埋めた。

「で、出るかしら……。そんな近くにお顔のあるところで……」

「僕も出したんだから、少しでいいから」

匂いの薄れた恥毛に鼻を擦りつけながら言い、ヌメリに舌を這わせてクリトリスに吸い付いた。

「あう……、吸われると出そうになるわ……」

美佐江が言うので、彼も執拗に吸い付いては、新たな愛液を舐め取った。

すると、ようやく柔肉の奥が迫り出すように盛り上がり、温もりと味わいが変化してきたのだ。

「で、出ちゃうわ……、アア……」

彼女が喘ぐなり、チョロチョロと熱い流れがほとばしってきた。

味も匂いも実に淡く、すんなりと喉を通過していった。しかし勢いが増すと口から溢れた分が、肌を温かく伝い流れた。

「あうう……、もうおしまいよ……」

やがて流れが治まると美佐江がか細く言い、ピクンと下腹を波打たせた。

文也は余りの雫をすすり、悩ましい残り香の中で潤いを舐め取った。すると、さらに愛液が溢れて舌の動きを滑らかにさせた。

「もうダメ……」

ようやく彼女が脚を下ろして言い、座り込んだので文也も互いの全身をシャワーの湯で洗い流した。

そして身体を拭いてベッドに戻る頃には、ペニスも完全に元の硬さと大きさを取り戻していた。

「ああ、すごいわ、こんなに勃って……」

美佐江が息を弾ませて言い、彼を仰向けにさせて股間に潜り込んできた。

文也が大股開きになって身を投げ出すと、彼女はまず両脚を浮かせて尻の谷間に口を当て、チロチロと肛門を舐め回してヌルッと潜り込ませた。

「く……」

文也も妖しい快感に呻き、陰嚢をくすぐる鼻息を感じながら、美熟女の舌先を肛門で締め付けた。

こんな小さな穴にペニスを受け入れるのだから、美熟女の快楽への欲求はすごいものだと思った。

彼女も内部で舌を蠢かせていたが、やがて舌を引き離して脚を下ろし、陰嚢をしゃぶってから肉棒の裏側を舐め上げてきた。

滑らかな舌が先端まで来ると、美佐江は粘液の滲む尿道口を舐め回し、アヌス処女を奪った亀頭にしゃぶり付いた。

そのままモグモグと喉の奥まで呑み込んでゆき、幹を丸く締め付けて吸い、熱い鼻息で恥毛をそよがせながら、口の中ではクチュクチュと念入りに舌をからみつけてきた。

「ああ、気持ちいい……」

文也も喘ぎながら、ズンズンと股間を突き上げた。

「ンン……」

美佐江は喉の奥を突かれて呻き、合わせるように顔を上下させてスポスポと強烈な摩擦を繰り返してくれた。

「い、いきそう……」

絶頂を迫らせた彼が言うと、美佐江はすぐにも口を離して前進してきた。

「いい？　今度は前でいってね……」

彼女が言って跨がり、唾液に濡れた先端に割れ目を押し当てた。

自ら指を当てて陰唇を広げ、ゆっくり膣口に亀頭を受け入れると、あとはヌルヌルッと滑らかに嵌め込んで股間を密着させた。

「アア……、いいわ、奥まで響く……」

美佐江が顔を仰け反らせて座り込み、味わうようにキュッキュッと締め上げてきた。

アナルセックスも以前からの願望らしく、風変わりな感覚で良かったようだが、やはり正規の場所が良いのだろう。

文也も快感に包まれながら、両手を伸ばして彼女を抱き寄せ、両膝を立てて豊満な尻を支えた。

すると美佐江が上からピッタリと唇を重ね、舌をからめながら徐々に腰を動かしはじめていった。文也もズンズンと股間を突き上げて動きを合わせ、美女の唾液と吐息に酔いしれた。

「ね、唾を飲ませて……」

囁くと、美佐江も嫌がらずに分泌させ、トロトロと口移しに注いでくれた。

文也は生温かな粘液を味わい、うっとりと喉を潤した。

「顔にペッて強く吐きかけて」

「そんなこと出来ないわ。怜奈の好きな人なのだから」

せがむと美佐江が答えた。

それなのにセックスは良いのかと思ったが、もちろん文也は言わず、なおも求めるように彼女の顔を引き寄せた。

すると美佐江も形良い唇をすぼめ、軽くペッと吐きかけてくれた。

「ああ、変な気持ち……」

「もっと強く、唾の固まりがピチャッて付くように」

さらに言うと、彼女も興奮に任せ、今度は大きく息を吸い込んで止めるなり、強くペッと吐きかけてきた。

「ああ……、上品な奥様がこんなことするなんて……」

「まあ、意地悪ね、しろと言ったくせに！」

酔いしれながら思わず文也が言うと、美佐江が締め付けを強めて彼の鼻の頭に歯を立て、さらに頬も甘く噛んでくれた。

「ああ、気持ちいい、いきそう……」

文也も甘美な刺激に高まり、突き上げを激しくさせていった。

そして彼女の開いた口に鼻を押し込み、濃厚な白粉臭の息でうっとりと胸を満たした。

「ああ、お口の中いい匂い……」

言うと美佐江が恥じらうように息を詰めたが、なおも執拗に鼻を押し付けていると、さらに熱い息が吐き出されてきた。

「ね、空気を呑み込んでゲップしてみて。おなかの中の匂いも知りたい」

「へ、変態ね……」

「アア、もっと言って」

怜奈のように、と言おうとして彼は慌てて言葉を呑み込んだ。

すると美佐江も空気を呑み込み、何度かトライした末に、ようやくケフッと軽やかなおくびを漏らしてくれた。貪るように嗅ぐと、生臭い刺激が鼻腔を掻き回してきた。

「ああ、濃厚……」

文也は感激して胸を満たしながら股間を突き上げると、とうとう摩擦快感で昇り詰めてしまった。

「く……! 気持ちいい……」

絶頂の快感に悶えながら呻き、ありったけの熱いザーメンをドクンドクンと勢いよく噴出させると、

「あ、熱いわ、いく……、アアーッ……!」

感じた美佐江も続いてオルガスムスに達し、激しく喘ぎながらガクガクと狂おしく悶えた。

膣内の収縮が最大限になり、彼は心ゆくまで快感を嚙み締め、最後の一滴まで出し尽くして満足した。

徐々に突き上げを弱めていくと、

「ああ……、良かったわ……」

美佐江も満足げに声を洩らし、熟れ肌の硬直を解いてグッタリともたれかかってきた。

文也は重みと温もりの中、息づく膣内に刺激され、中でヒクヒクと過敏に幹を跳ね上げた。そして美熟女の吐き出す悩ましい刺激の息を嗅ぎながら、うっとりと快感の余韻を味わったのだった。

しばし重なったまま荒い呼吸を混じらせていたが、

「怜奈とは進展しているの？」

美佐江が熱い息で訊いてきた。

「え、ええ、それなりに進んでると思いますけど、あとは彼女次第です」

「そう、時には強引にしないとダメよ」

美佐江が言い、文也は娘の彼氏を先に味わう熟女の気持ちが、まだ今ひとつ分からないのだった。

第六章　無重力セックス

1

「いいかしら。お乳が張ったから来ちゃったわ」

休みの午後、大家の萌子が文也の部屋に来て言った。

もちろん彼に否やはない。今日は大学で誰かに会うこともないから、久々にオナニーでもしようかと思っていたところだ。

文也は激しく淫気を催して、萌子を部屋に招き入れた。赤ん坊は寝付いたばかりで実家の母親も来てくれているらしいので、彼女は買い物に出ると言ってここへ寄ったようだ。

すぐにも文也は服を脱ぎ去り、萌子も手早く脱いで、たちまち二人は全裸になって万年床に横になった。

腕枕してもらい、腋の下に鼻を埋めると、今日も柔らかな腋毛が色っぽく煙り濃厚に甘ったるい汗の匂いが沁み付いていた。

目の前で息づく巨乳を見ると、濃く色づいた乳首からは白濁の雫がポツンと浮かんでいた。

文也は腋毛に鼻を擦りつけ、充分に胸を満たしてから移動し、チュッと乳首に吸い付いて雫を舐めた。

「あん……」

萌子がビクリと反応して喘ぎ、彼の顔をギュッと巨乳に抱きすくめてきた。

文也は心地よい窒息感に噎せ返りながら懸命に吸うと、薄甘い母乳が分泌され生ぬるく舌を濡らしてきた。

「アア、いい気持ち、もっと吸って……」

萌子も熱く喘ぎながら、自ら指で巨乳を揉みしだいて分泌を促した。

文也は美人妻から出てくる母乳を飲み込み、のしかかりながらもう片方の乳首にも吸い付いた。

そして左右の乳首を充分に味わって喉を潤し、腋毛に籠もる濃厚な体臭で胸を満たしてから、白い熟れ肌を舐め降りていった。

臍から腰、太腿から足首まで舌でたどると、今日も脛は野趣溢れる体毛の舌触りが艶めかしかった。

足裏を舐め、指の間に鼻を割り込ませて嗅ぐと、ここもムレムレの匂いが濃厚に沁み付いて鼻腔を刺激し、文也は爪先にしゃぶり付いて汗と脂の湿り気を味わった。

「ああ、くすぐったいわ……」

萌子は可憐なアニメ声で言い、彼は両足とも味と匂いを貪り尽くした。

大股開きにさせて脚の内側を舐め上げ、ムッチリした内腿に舌を這わせ、軽く歯を立てると、

「あう、もっと強く……」

萌子が腰をくねらせてせがみ、文也が左右の内腿をそっと歯で刺激しながら見ると、すでに割れ目からは白っぽい愛液が溢れ出ていた。

茂みに鼻を埋め込むと、やはり蒸れた汗とオシッコの匂いが濃厚に籠もり、彼は舌を這わせて淡い酸味のヌメリを掻き回した。

息づく膣口の襞を探ってクリトリスまで舐め上げていくと、

「アア……、そこ……」

萌子がビクッと顔を仰け反らせて喘ぎ、内腿で彼の顔を挟み付けてきた。

文也は悩ましい匂いに噎せ返りながらチロチロと舌を這わせてクリトリスを刺激し、熱く溢れる愛液をすすった。

さらに両脚を浮かせ、双丘の谷間に鼻を埋め、レモンの先のように僅かに突き出た蕾に籠もる蒸れた微香を嗅ぎ、舌を這わせてヌルッと潜り込ませた。

「く……」

萌子が呻き、肛門でキュッと舌先を締め付けてきた。

彼は滑らかな粘膜を舌で探り、ようやく脚を下ろしてから再びクリトリスに吸い付いていった。

「も、もうダメ……」

萌子が絶頂を迫らせて言い、身を起こして彼の顔を股間から追い出した。

文也も素直に離れて仰向けになると、彼女がすぐにもペニスに顔を寄せて熱い息を吐きかけてきた。

「大きいわ、嬉しい……」

幹を撫でながらうっとりと言い、彼女は粘液の滲む先端に舌を這わせ、張り詰めた亀頭をくわえ、たぐるようにモグモグと根元まで呑み込んでいった。

快感の中心が、深々と美人妻の温かく濡れた口腔に包まれ、文也はうっとりと力を抜いて愛撫を受け止めた。

「ンン……」

萌子は熱く鼻を鳴らして吸い付き、口の中ではクチュクチュと舌をからめてペニスを唾液にぬめらせ、顔を上下させてスポスポと摩擦してくれた。

たまに動きを止めると、口の中でチロチロと舌を左右に蠢かせた。

「ああ、いきそう……」

文也が高まって言うと、彼女もすぐにスポンと口を引き離して起き上がり、自分から前進して跨がってきた。

今日は淫気を催してから、萌子はこうして挿入するためだけに来たのだろう。

もうイントロは終えたので、いよいよ本来の目的のため先端に割れ目を押し当て、ゆっくりと腰を沈めていった。

張り詰めた亀頭が膣口に潜り込むと、あとは滑らかにヌルヌルッと根元まで呑み込まれていった。

「アア……、いい気持ち……！」

萌子が完全に座り込んで喘ぎ、密着した股間をグリグリと擦り付けた。

文也も肉襞の摩擦と温もりに包まれ、快感を嚙み締めながら両手を回して彼女を抱き寄せた。

両膝を立てて豊満な尻を支えると、彼女も身を重ねて覆いかぶさり、脚をM字にしたまま股間を上下させた。

これがネットで噂の、スパイダー騎乗位だ。

美しい巨大な蜘蛛にのしかかられる心地で、文也も下からズンズンと股間を突き上げ、熱く滑らかな摩擦を味わった。

唇を求めると萌子もピッタリと密着させ、熱い息を弾ませながら執拗に舌をからめてくれた。

「もっと唾を出して……」

唇を触れ合わせたまま囁くと、萌子もたっぷりと唾液を分泌させ、口移しにトロトロと注ぎ込んでくれた。彼は生温かく小泡の多い粘液を味わい、うっとりと喉を潤した。

愛液は泉のように溢れ、互いの動きがヌラヌラと滑らかになった。

「アア……、いきそうよ。もっと突いて……」

萌子が口を離して言い、スクワットのようなM字開脚の上下運動に疲れたように両膝を突いた。

文也も下からしがみつきながら、股間の突き上げを激しくさせた。溢れる愛液が陰囊から肛門の方まで生温かく濡らし、クチュクチュと湿った摩擦音を響かせた。

「ああ……、いいわ、すごく……」

萌子が熱く湿り気ある息で喘ぎ、文也は美人妻のシナモン臭で鼻腔を刺激されながら高まっていった。

「嚙んで……」

彼が萌子の口に頰を押し当てて言うと、彼女もモグモグと歯を立ててくれた。

少々あとになってもすぐ消えるので、文也も左右の頰を強く嚙んでもらい、いよいよ絶頂を迫らせていった。

「顔中ヌルヌルにして……」

さらにせがむと、萌子は胸を突き出して乳首をつまみ、彼の顔中に生ぬるい母乳を滴らせてくれた。

そして舌を這わせ、彼の顔中をヌラヌラと舐め回してくれたのだ。

「アア、いく……！」

とうとう文也は大きな絶頂の快感に貫かれて喘ぎ、顔中を包む唾液と母乳の匂いと肉襞の摩擦の中、ありったけの熱いザーメンをドクドクとほとばしらせたのだった。

「感じるわ、いく……、アアーッ……！」

萌子が噴出を感じて激しく喘ぎ、ガクガクと狂おしいオルガスムスの痙攣を開始した。

文也も、その収縮の中で快感を増し、股間をぶつけるように突き上げながら、心置きなく最後の一滴まで出し尽くしていった。

満足しながら動きを弱めていくと、萌子はなおも股間を擦り付けて収縮させ、その刺激にペニスが過敏にヒクヒクと内部で跳ね上がった。

「あう、動いてる……」

彼女も刺激に呻き、貪欲に締め付け続けた。

やがて完全に突き上げを止めると、萌子も肌の強ばりを解いてグッタリと体重を預けてきた。

「アア、良かったわ。とっても満足……」

萌子が、何度かビクッと肌を震わせて喘いだ。

文也は重みを感じながら、悩ましい匂いの吐息を間近に嗅いで、うっとりと快感の余韻を味わったのだった。

2

「来てくれて嬉しいわ。もう冬休みだから、明日から帰省するの」

ラインの連絡を受けた文也がハイツを訪ねると、沙希が顔を輝かせて彼を招き入れて言った。

確かに年も押し詰まり、令和元年も暮れようとしていた。

文也の実家は鎌倉だから近いので、もう少し年末ギリギリまで東京にいようと思っていた。

もちろん沙希の呼び出しの理由は、快楽を分かち合うことだ。

世間話などさっさと切り上げ、二人は淫気を伝え合うように手早く服を脱ぎ去っていった。

　相変わらず沙希の部屋は神秘学の本の山で、その間にあるベッドに横たわると枕に沁み付いた匂いが悩ましく彼の鼻腔を刺激してきた。

　彼女も一糸まとわぬ姿で、すぐにもベッドに上ってきた。

「ラインで、シャワーも浴びるなといっていたけど、本当にいいのね？　昨夜入浴したきりで、今日も午前中は歩き回っていたのよ」

　沙希が、すでに甘ったるく濃厚な匂いを漂わせて言った。

「うん、濃い方が嬉しい。じゃ足を顔に乗せて」

　文也が答えると、

「いいの？　変わった子だわ。でも好き」

　沙希は言って立ち上がり、壁に手を付いて身体を支えながら片方の足を浮かせそっと足裏を顔に乗せてきた。好きというのは恋愛ではなく、単に超人に対するミーハー的な感情であろう。

　文也は足裏の感触にうっとりとなり、舌を這わせながら指に鼻を割り込ませて嗅いだ。

　やはりムレムレの匂いが濃く沁み付き、彼は酔いしれながら爪先をしゃぶり、全ての指の股に舌を挿し入れて味わった。

「ああ、感じてよろけそう……」

沙希が、もう片方の足でクッションを踏んでいるからバランスを崩しながら言った。

「じゃ腹に座って。一緒に浮くから」

「本当？　浮くのが楽しみだったの」

彼が下から言うと、沙希は嬉々として答え、彼の腹にしゃがみ込んできた。

文也も、自分の力を隠さなくて良い相手だから、両足首を摑んで顔に引き寄せながら、ベッドから僅かにフワリと浮いた。

「アア……、本当に浮いてる……」

沙希が言い、両足裏を彼の顔に乗せてくれた。

浮いている文也に彼女が跨がっているのではなく、触れ合っているものは一緒に浮くので、もう彼女もバランスを崩すことはなく、彼にも沙希の重みは伝わらなかった。

文也は三年先輩の美女の足裏を舐め、両の爪先に沁み付いた匂いを心ゆくまで貪った。

やがてしゃぶり尽くすと手を握って引っ張り、彼女に顔を跨がらせた。

これも和式トイレスタイルでしゃがみ込んでいるのではなく、彼女も浮いているので足は痺れないだろう。

真下から割れ目に顔を埋め、柔らかな茂みに鼻を擦りつけて嗅ぐと、生ぬるく蒸れた汗とオシッコの匂いが、悩ましく鼻腔を刺激してきた。

神秘的でとびきり美しいのに、匂いが濃いのは一種のギャップ萌えで、嗅ぐたびに刺激が胸からペニスに伝わってくるようだった。

割れ目を舐めると、柔肉は大量の愛液が溢れ、すぐにも舌の動きがヌラヌラと滑らかになった。

文也は、充分に快感を知っている膣口の襞をクチュクチュ掻き回し、大きめのクリトリスまで舐め上げてチュッと吸い付いた。

「あう……！」

沙希が呻き、内腿でムッチリときつく彼の両頬を挟み付けてきた。浮いているので力の入れ具合も自在なのである。

彼は充分にクリトリスを愛撫しては溢れる愛液をすすり、白く丸い尻の谷間に移動していった。ピンクの蕾に鼻を埋めて嗅ぐと、顔中にひんやりした双丘が心地よく密着し、蒸れた匂いが鼻腔を刺激してきた。

文也は匂いを貪ってから舌を這わせて襞を濡らし、ヌルッと潜り込ませて滑らかな粘膜を探った。

「く……、いい気持ち……」

ローターの挿入にも慣れている沙希は、肛門も充分に感じて呻き、キュッときつく舌先を締め付けてきた。

彼は微妙に甘苦い粘膜を舐め回し、再び割れ目に戻っていった。

すると浮いている沙希が、自分から移動して反転し、シックスナインの体勢になっていったのである。

もうどちらが上か下かも分からないほど相手を求め合い、彼がクリトリスに吸い付くと、沙希も張り詰めた亀頭にしゃぶり付き、根元まで頰張りながら熱い鼻息で陰嚢をくすぐってきた。

文也は彼女の味と匂いを堪能しながら、小刻みに腰を突き動かし、まるで口とセックスするように唇の摩擦を味わった。

「アア、いきそうよ。入れたいわ……」

沙希が言ってスポンと口を離し、文也も体位を変えていった。そして互いの股間を合わせ、ヌルヌルッと一気に挿入したのだった。

「アァッ……！」

沙希が激しく喘ぎ、正面から彼にしがみついてきた。

宙に浮く無重力セックスをしているので、沙希も今日はローターなどの刺激は不要のようだった。

正常位とも女上位とも付かぬ体位で一つになり、彼は肉襞の摩擦と締め付け、温もりと潤いを味わった。

すぐにも二人は股間をぶつけ合うように動きはじめ、彼は潜り込むようにして沙希の乳首を含み、吸い付きながら舐め回した。

そして左右の乳首を味わい、顔中で膨らみを味わってから、沙希の腋の下にも鼻を埋め、濃厚に甘ったるい汗の匂いに酔いしれた。

すると沙希の方から唇を求めてきたので、ピッタリと触れ合わせて舌を挿し入れ、執拗にからみつけた。

「ンン……」

沙希は熱く鼻を鳴らして唇と股間を押しつけ、文也も生温かな唾液に濡れて滑らかに蠢く美女の舌を堪能した。動くうちにも溢れる愛液が、互いの股間を熱くビショビショにさせた。

「あうう、いきそうよ……」

沙希が口を離して言い、文也は湿り気ある花粉臭の吐息を嗅いで高まった。

たちまちオルガスムスの波が押し寄せ、文也は昇り詰めてしまった。

「く……！」

快感に呻きながら、ドクンドクンと勢いよく熱いザーメンを放つと、

「アアーッ……！」

噴出を受けてオルガスムスのスイッチが入った沙希も、同時に激しく喘ぎながらガクガクと狂おしく痙攣した。

文也は股間をぶつけるように突き動かし、心置きなく最後の一滴まで出し尽くしていった。そして収縮する膣内でヒクヒクと幹を過敏に震わせながら、ゆっくり下降してベッドに着地した。

「ああ……、夢のようだわ……」

沙希が上になって、グッタリともたれかかりながら喘いだ。

文也は熱く甘い息を嗅ぎながら胸を満たし、うっとりと余韻を噛み締めた。

「今度は、本当に外へ飛び出したいわ……」

「それは無理です。急に力が使えなくなる可能性だってあるから」

沙希が言うので、文也は答えた。

「そう、誰かに見られても困るわね……」

彼女は言ったが、文也も夜の空中で街を見下ろしながら交わりたい気持ちはよく分かった。

やがて彼女は呼吸を整えると股間を引き離し、ティッシュで割れ目を拭いながら移動して、愛液とザーメンにまみれ湯気を立てている亀頭にパクッとしゃぶり付いてきた。

やはりバイブに慣れてきたから、生身とザーメンが物珍しいのだろう。

深々と含んで吸い付き、ネットリと舌をからめてヌメリを拭い取ると、

「あうう……、も、もう……」

文也はクネクネと腰をよじらせ、降参するように言った。

ようやく沙希もチュパッと口を離してくれ、

「じゃお風呂に入ってくるわね。すぐ来て」

ベッドを降りて言った。

事前に、バスタブに湯を張っておいたのだろう。

文也はもう少し横になり、余韻と残り香の中で身を投げ出していた。

（そう、ある日急に力が消えることだってあるかも知れないな……）

文也は思い、やがて自分も立ち上がり、あとからバスルームに入っていった。

「二回目は、どんなふうにしましょうか」

沙希が、まだまだする気でいるように言い、文也もムクムクと回復していったのだった……。

3

「何だ、お前が来やがったか。お呼びじゃねえんだよ」

文也が、大学の駐車場へ行くと、メンテを終えた怜奈の車の近くにバイクが停まり、良行と正孝がいて言った。

どうやら怜奈が来るのを待っていたようだが、文也も彼女から、一緒に帰ろうと言われていたのだ。

今日で年内の講義も終わり、明日から冬休みである。

「空手の先輩はどうしました」

「顎を折って入院中だ。当分流動食しか受け付けないようだ」

訊くと、良行が答えた。二人は、そんなことより、文也への憎悪を高まらせているようだった。

何しろ、怜奈から就職内定の取り消しを言われたのだ。

そうなると、もう怜奈をお嬢さまとしてちやほやする必要もないので、二人がかりで犯そうというような良からぬ相談でもしていたのだろう。

「そう、まあ自業自得でしょうね」

「てめえも、いい気になるんじゃねえぞ」

文也が言うと、二人が前後から挟むように迫ってきた。

まあ空手の有段者を苦もなく倒し、顎まで砕いてしまったのだから警戒心はあるだろうが、今日の二人はポケットからナイフを取り出したのだ。

「幸いまだ誰も来ねえし見ているものもいない。あの日、崖から落ちて死んだと思って諦めろ」

良行がナイフを構えて言う。もちろん殺すような度胸はないだろうが、それで文也を怯ませたいらしい。

しかし、文也は一瞬で真上に飛び上がり、良行のナイフを蹴り飛ばしていた。

さらに宙で振り向き、もう片方の足で正孝のナイフも蹴っていた。

「え……？」

遠くで、二つのナイフがカランと音を立てて落ちると、二人は一瞬で頼みの得物を手放し、呆然と立ちすくんだ。

何しろ人が跳躍する時は、いったん膝を屈めてバネで飛ぶのだ。それが文也の場合は直立したまま、いきなり宙に浮かぶものだからタイミングが計れず予想できないのだろう。

「懲りない人たちだね。やはり入院させないと反省しないのでしょうね」

着地して言うと、二人は腰を抜かさんばかりに怯んで後退した。

「ま、待て……、もうお前には関わらねえ……」

良行が声を震わせて言い、ヘルメットをかぶってバイクに跨がると、慌てて正孝もそれに倣《なら》い後部シートに跨がった。

しかしなかなかエンジンがかからず、文也が苦笑して見ていると、ようやくスタートし、バイクは急発進して逃げ去っていったのだった。

文也はそれを見送り、今度こそ二人も近づいてこないだろうと思った。

そして駐車場の二カ所に転がったナイフを拾ってたたみ、ゴミ箱に捨てた。

すると間もなく、怜奈がやって来たのである。

「み、見ていたわ。どういうこと……」

怜奈が、じっと文也を見つめて言った。どうやら物陰から今の様子を見ていて驚き、出る機を窺っていたようだ。

「そう、ならば見ていた通りだよ。あの二人が弱いだけ」

「今まで、どうして強いことを隠していたの」

「そういうのはガラじゃないからね」

言うと、怜奈は視線を落としてキイを出し、車のドアを開けた。

「もしかして、あなたがムーンキッド？」

怜奈が言うと、あまりに唐突だったので文也は思わず表情を強ばらせてしまった。どうやら彼女も、夢として処理するにはあまりに鮮明で、その名を記憶に刻みつけていたのだろう。

「とにかく乗ろうか」

文也が助手席に回ろうとすると、

「乗らないで。あなたがムーンキッドなら空から来て。私はこれから青梅の別邸へ行くわ」

彼女は言って自分だけ乗り、ドアを閉めてエンジンをかけた。

そして走り去る車を見送ると、文也は物陰に行って空に飛び上がった。まだ日暮れ前だが、猛スピードなら人に見られないだろう。

彼は自分のアパートまでひとっ飛びし、塀の裏に着地した。もう萌子に見られるようなこともないだろう。

部屋に入って服を脱ぎ、黒ずくめのムーンキッドの衣装に着替えると、また施錠してアパートを出た。周囲の人目を気にしながら物陰に行き、また素早く宙に飛び立った。

風を切り、最短距離で青梅まで行くと、先日の豪雨の傷跡はなく、赤い屋根の別邸まで難なく車で行かれるようだ。

見ると、下に玲香の車が走っている。それより先に文也は、別邸の二階にあるベランダの柵に降り立った。

別邸は大豪邸ではなく、こぢんまりとしたペンション風で、周囲は森で他の建物はない。崖下には多摩川の上流が音を立てて流れているが、ここのところ快晴続きで穏やかな風景だった。

そこへ玲奈の車が入ってきて止まり、彼女は車を降りると、ふとベランダを見上げた。

そこにはマントを翻し、黒ずくめに満月のマークの男が立っていた。

「あッ……！」

怜奈は声を上げ、すぐにキイを取り出してドアを開けると建物に入り、階段を駆け上がってきた。

彼女が二階のドアを開けると、文也も柵からベランダに降り立った。

「そ、空へ連れて行って……」

怜奈が息を詰め、目をキラキラさせて言いながら縋り付いてきた。

文也も彼女を抱きすくめるなり、一気に上昇。

「ひい……！」

怜奈が悲鳴を上げてしがみつき、それでも恐る恐る彼のマスクをめくり上げ、文也であることを確認した。

「やっぱり、あなたが……」

彼女は言い、そのまま空中でピッタリと唇を重ねてきた。

やけに素直で可憐なのは、お嬢さまの気位より遙か高い位置に行ったので、もう身も心も彼に捧げるつもりになったのだろう。

文也は舌をからめ、生温かな唾液に濡れた舌を舐め回した。

空の上なので、かえって舌の温もりが新鮮に感じられたが、息の匂いは分からなかった。

やがて文也は、彼女を抱いたまま空中を大きく旋回してから、またベランダに戻ってきた。そして降り立ってフラつく怜奈を支えながら、一緒に二階の部屋に入った。

怜奈は夢でも見ているようにぼうっとした表情をして、身体にも力が入らないようだった。

文也は彼女のコートとブラウスを脱がせ、さらにスカートとソックス、ブラや下着まで取り去りながら全裸でベッドに横たえた。彼女は朦朧とし、力を抜いて身を投げ出した。

文也も手早くムーンキッドのコスチュームを脱ぎ去り、全裸になって添い寝していった。

「お願い、何でも好きにして……」

怜奈が息を弾ませて言う。

やはり美樹と三人でスポーツかゲームのように戯れるより、一対一で密室にいる方がときめくのだろう。まして今は超常現象を体験したばかりだ。

文也も遠慮なくのしかかり、白い乳房に顔を埋め込んでいった。ピンクの乳首を含んで舌で転がし、顔中で膨らみの張りを味わいながら、左右の乳首を交互に味わった。

さらに腋の下にも鼻を埋めると、緊張と興奮の連続だったから、そこはジットリと湿り、生ぬるく甘ったるい汗の匂いがいつになく濃厚に籠もっていた。

彼はお嬢さまの体臭でうっとりと胸を満たしてから、白く滑らかな肌を舐め降りていった。

怜奈もまた、これが初体験であるかのように神妙にじっとしていた。

愛らしい臍を探り、ピンと張り詰めた下腹に顔中を押し当てて弾力を味わい、腰から脚を舐め降りた。

足裏を舐め回して指の股に鼻を押し付け、汗と脂に湿ってムレムレの匂いが沁み付いた爪先にしゃぶり付いた。

「あう……、文也さん……」

怜奈が、ビクッと反応して口走った。

もちろん一級年下の彼をそんな風に呼ぶのは初めてだから、すっかり高慢さが抜け、超人に魅せられてしまったようだった。

文也は左右の爪先をしゃぶり、全ての指の股に舌を割り込ませて味わい、やがて股を開かせて脚の内側を舐め上げていった。

ムッチリした白い内腿をたどり、軽く歯を立て、股間に迫っていった。

割れ目からはみ出した陰唇はヌメヌメと蜜に潤い、間からは光沢あるクリトリスもツンと突き立って愛撫を待っていた。

やがて文也は、ギュッと彼女の中心部に顔を埋め込んでいった。

4

「アアッ……、も、もっと……」

文也が茂みに鼻を擦りつけ、汗とオシッコの匂いを貪りながら舌を這わせると怜奈が、いつになく激しく反応して下腹を波打たせ、自ら股間を突き出すように悶えた。

彼も淡い酸味のヌメリをすすり、息づく膣口からクリトリスまで舐め上げていくと、両頰を挟み付ける怜奈の内腿にギュッと強い力が入った。

さらに彼は、怜奈の両脚を浮かせ、白く形良い尻に迫った。

谷間にひっそり閉じられるピンクの蕾に鼻を埋め込み、顔中で双丘の弾力を味わいながら嗅ぐと、蒸れた匂いが悩ましく鼻腔を刺激してきた。

舌を這わせて襞を濡らし、ヌルッと潜り込ませて滑らかな粘膜を味わうと、

「あう……！」

怜奈が呻き、キュッと肛門で舌先をきつく締め付けてきた。

文也は舌を蠢かせ、充分に味わってから脚を下ろし、再び割れ目に吸い付いて愛液を舐め取った。

「アア、もうダメ……」

怜奈がむずかるように身をくねらせて言ったので、彼も股間から離れて添い寝し、彼女の顔を股間に押しやった。

すると怜奈も素直に顔を移動させ、大股開きになった真ん中に腹這い、股間に顔を寄せてきた。

文也が自ら両脚を浮かせて脚を抱え、尻を突き出すと、彼女も厭わず尻の谷間に舌を這わせはじめた。

熱い息を弾ませてチロチロと肛門を舐め、ヌルッと潜り込ませてくると、

「く……、気持ちいい……」

彼は呻き、令嬢の舌先をキュッキュッと肛門で締め付けた。中で舌が蠢くと、連動するように勃起したペニスが震えた。

やがて脚を下ろすと、彼女も自然に舌を離し、そのまま鼻先にある陰嚢を舐め回してくれた。

二つの睾丸を転がし、袋全体を生温かな唾液にまみれさせた。

せがむように幹をヒクヒクと上下させると、怜奈も身を乗り出して肉棒の裏側を舐め上げてきた。

先端まで来ると、粘液の滲む尿道口を舐め回し、丸く開いた口でスッポリと根元まで呑み込んでくれた。

「ああ……」

文也は、温かく清らかな口腔に深々と含まれて喘いだ。

怜奈も熱い鼻息で恥毛をくすぐり、肉棒を締め付けて吸いながら、口の中ではクチュクチュと念入りに舌をからませて唾液に浸してくれた。

彼が小刻みにズンズンと股間を突き上げると、

「ンン……」

怜奈も喉を突かれて呻き、合わせて顔を上下させスポスポと摩擦しはじめた。

「い、いきそう、跨いで入れて……」

すっかり高まった文也が言うと、怜奈もチュパッと口を離して顔を上げ、前進してペニスに跨がってきた。

自分で先端に割れ目を押し当て、位置を定めると息を詰め、ゆっくり腰を沈み込ませていった。

たちまち屹立したペニスは、ヌルヌルッと滑らかな肉襞の摩擦を受けながら根元まで呑み込まれた。

「アアッ……、いい気持ち……」

怜奈が顔を仰け反らせて喘ぎ、キュッときつく締め上げた。

文也が温もりと感触を味わいながら両手で引き寄せると、彼女もゆっくり身を重ねてきた。

胸に乳房が密着して心地よく弾み、彼も両膝を立てて尻を支えた。

ズンズンと股間を突き上げると、溢れる愛液で動きが滑らかになり、何とも心地よい摩擦がペニスを刺激してきた。

「ああ……、いきそう……」

怜奈が言い、彼は湿り気ある甘酸っぱい吐息の匂いに高まった。

文也は顔を引き寄せて舌をからめ、さらに令嬢の喘ぐ口に鼻を押し込み、濃厚な果実臭の吐息で胸を満たしながら、激しく股間を突き上げた。

「く……！」

たちまち彼は絶頂に達し、大きな快感に呻きながら、熱い大量のザーメンをドクンドクンと勢いよく中にほとばしらせてしまった。

「あ、熱いわ……、いく……、アアーッ……！」

噴出を感じた怜奈も声を上ずらせ、ガクガクと狂おしいオルガスムスの痙攣を繰り返した。

膣内の収縮が活発になり、彼は駄目押しの快感を得ながら股間を突き上げ、心置きなく最後の一滴まで出し尽くしていった。

すっかり気が済んで動きを止め、身を投げ出していくと、

「アア……、まだ空を飛んでいるようだわ……」

怜奈も満足げに言い、肌の強ばりを解いてグッタリと力を抜き、彼に体重を預けてきた。

文也は重みと温もりを受け止め、まだ息づく膣内でヒクヒクと過敏に幹を跳ね上げた。

そして彼女の口に鼻を擦りつけ、唾液と取りの混じり合った甘酸っぱい芳香を貪りながら、うっとりと余韻に浸り込んでいったのだった。

「するたびに、良くなってくるわ……」

もたれかかった怜奈が荒い息遣いで言い、やがてそろそろと股間を引き離していった。

「バスルームへ行きましょう」

彼女が言い、文也も身を起こすと全裸のまま二人で階段を下りていった。来たばかりの家で、裸で歩き回るのも妙な気分だが、ここは怜奈の他には滅多に人は来ないようだ。

階下のバスルームに行って灯りを点けると、意外に洗い場は広く、友人たち三人ぐらい一度に入れそうだった。

怜奈がシャワーの湯を出し、互いの全身を洗い流すと、もちろん文也はムクムクと回復しながら床に仰向けになった。

「ね、顔を跨いでオシッコして」

言うと怜奈も、まだ朦朧としたままためらいなく彼の顔に跨がってしゃがみ、下腹に力を入れて懸命に尿意を高めはじめてくれた。

真下から舐めていると新たな愛液が溢れ、舌の動きが滑らかになった。

すると急に柔肉が蠢き、温もりと味わいが変化した。

「あう、出るわ……」

怜奈が言うなり、チョロチョロとか細い流れが割れ目からほとばしってきた。

文也は口に受け、仰向けなので噎せないよう気をつけながら喉に流し込んでいった。

味も匂いも実に淡く清らかだが、勢いが増すと口から溢れた分が耳や首筋に温かく伝い流れていった。

それでも間もなく流れが治まり、彼は残り香の中で割れ目を舐めて余りの雫をすすり、中にも舌を挿し入れた。

「アア……、もうダメ……」

怜奈がピクンと反応して言い、股間を引き離してしまった。

文也も身を起こし、もう一度二人で湯を浴びてから立ち上がった。そして互いの身体を拭き、また全裸で二階へと戻っていったのだった。

「どうして飛べるの……」

「これは夢だよ。だから誰にも言わないで」

訊かれて、文也は答えていた。

やはり怜奈は、学究肌の由香利や、オカルト好きな沙希とは違って、むしろ一番現実的である。

怜奈も、分かったような分からないような、曖昧な表情で頷き、すっかり回復している彼は、また令嬢の肌に身を寄せていったのだった。

5

「そう、沙希と怜奈にも言ったのね」

由香利が文也に言った。ここは彼女のマンションである。冬休みの初日、彼はラインを送り、夕方に由香利の住まいを訪ねて来たのだった。

「ええ、でもオカルト好きで風変わりな沙希さんは誰にも言わないだろうし、怜奈さんも夢のように思っているだけで、二人とも論理的に納得しているわけじゃないので」

「それは、私も同じことなのだけど……」

由香利が言い、それより淫気を催したように甘ったるい匂いを揺らめかせた。

そう、なぜ飛べるかなど、知りようもないし考えても仕方のないことだと文也は思いはじめていた。

それより、他の能力、傷の治りが早いとか、もっと色々調べたい。

何より、多くの女性が文也に淫気を催す、というのも特殊能力なのかも知れないと思った。

「じゃ、年が明けても力が持続されていたら、またいろいろ相談させて下さい」

「ええ」

「じゃ脱ぎましょうか」

彼が言って立ち上がり、脱ぎながら寝室に移動すると、由香利も同じように脱ぎはじめてくれた。たちまち文也は先に全裸になり、由香利の匂いの沁み付いたベッドに横たわった。

彼女も、ためらいなく最後の一枚を脱ぎ去ると、一糸まとわぬ姿でメガネだけかけ、ベッドに乗って添い寝してきた。

文也は腕枕してもらい、いつもの順序でまず腋の下に鼻を埋め、美女の甘ったるい汗の匂いで胸を満たし、目の前で息づく巨乳に手を這わせていった。

「アアッ……！」

すぐにも由香利が熱く喘ぎ、クネクネと悶えはじめた。

腋から移動した彼は乳首に吸い付いて舌で転がし、顔中で膨らみを味わいながらのしかかっていった。

左右の乳首を交互に含んで舐め回し、もう片方の腋の下にも鼻を埋めて濃厚な体臭で鼻腔を刺激され、さらに滑らかな肌を舐め降りていった。

舌先で臍を探って張りのある下腹に顔中を押し付け、弾力を味わってから豊満な腰のラインをたどり、ムッチリした太腿に移動した。

スベスベの脚を舐め降り、足首まで行って足裏に回り、踵から土踏まずに舌を這わせて指の間に鼻を割り込ませていった。

由香利は今日も一日大学へ行って仕事をしていたので、指の股は生ぬるい汗と脂に湿り、蒸れた芳香を濃く籠もらせていた。

文也は美女の足の匂いを貪り、爪先にしゃぶり付いて順々に指の間に舌を挿し入れて味わった。

「あう……！」

由香利が呻き、指を縮めて脚を震わせた。

文也は両足とも、新鮮な味と匂いを貪り尽くした。

そして彼女を大股開きにさせ、脚の内側を舐め上げ、白く滑らかな内腿をたどって股間に迫っていった。

見ると割れ目からはみ出した陰唇はヌメヌメと清らかな蜜に潤い、間から真珠色のクリトリスも顔を覗かせていた。

吸い寄せられるように顔を埋め込み、柔らかな恥毛に鼻を擦りつけて嗅ぐと、隅々に蒸れて籠もった汗とオシッコの匂いが悩ましく鼻腔を刺激して胸を満たしてきた。

「いい匂い」

「あう、言わないで……」

嗅ぎながら言うと、由香利が羞恥に声を震わせ、内腿でキュッと彼の両頬をきつく挟み付けた。

舌を這わせ、挿し入れて柔肉を探ると淡い酸味のヌメリが溢れ、彼は息づく膣口からクリトリスまでゆっくり舐め上げていった。

「アアッ……、いい……」

由香利がビクッと顔を仰け反らせて喘ぎ、内腿に力を込めながら新たな愛液を漏らしてきた。

文也は割れ目の味と匂いを堪能してから、由香利の両脚を浮かせ、白く丸い尻に迫った。谷間の奥では、薄桃色の蕾がひっそり閉じられ、鼻を埋めると蒸れた微香が籠もっていた。

彼は弾力ある双丘に顔中を密着させて匂いを貪り、舌先でチロチロと蕾の襞を舐めて濡らし、ヌルッと潜り込ませて滑らかな粘膜を味わった。

「く……！」

由香利が呻き、浮かせた脚を震わせながらキュッと肛門で舌先を締め付けた。

文也は舌を蠢かせて粘膜を味わい、脚を下ろすと再び割れ目に戻って大洪水の愛液をすすり、クリトリスに吸い付いた。

「も、もう……」

すっかり高まった由香利が言って身を起こしてきたので、文也も入れ替わりに仰向けになっていった。

すると彼女もすぐ彼の股間に顔を寄せ、股間に熱い息を籠もらせて陰嚢を舐め回してから、肉棒の裏側をゆっくり舐め上げてきた。

滑らかな舌先が先端に来ると、彼女は小指を立てて幹を支え、粘液の滲む尿道口を念入りに舐め回してくれた。

そして張り詰めた亀頭をくわえ、スッポリと根元まで呑み込んでいった。

「ああ、気持ちいい……」

文也は快感に喘ぎ、唾液にまみれた肉棒を彼女の口の中でヒクヒクと震わせて高まった。

「ンン……」

由香利も熱く鼻を鳴らしながら幹を丸く締め付けて吸い、クチュクチュと舌をからめてから、顔を上下させてスポスポと強烈な摩擦を繰り返してくれた。

「い、いきそう、跨いで入れて……」

文也が言うと、由香利もすぐにスポンと口を離して顔を上げ、前進して彼の股間に跨がってきた。

唾液に濡れた先端に割れ目を押し付け、位置を定めると息を詰めてゆっくり腰を沈み込ませていった。

「アアッ……、いいわ……！」

ヌルヌルッと滑らかに根元まで受け入れると、彼女は顔を仰け反らせて喘ぎ、完全に座り込んでピッタリと股間を密着させた。

彼も摩擦快感と温もりに包まれ、ズンズンと股間を突き上げた。

由香利は脚をM字にさせて腰を上下させ、クチュクチュと音を立てて摩擦していたが、疲れると両膝を突いて身を重ねてきた。

文也も下から両手を回してしがみつき、両膝を立てて全身で美女の感触を味わった。

股間を突き上げながら唇を求めると、由香利も上からピッタリと重ね合わせ、執拗に舌をからめてくれた。

生温かな唾液に濡れた舌がチロチロと滑らかに蠢き、彼女が下向きなので唾液が滴り、彼はうっとりと味わいながら喉を潤した。

そして膣内の収縮が活発になると、

「アア、いきそうよ……」

由香利が口を離して熱く喘いだ。快感に高まるメガネ美女の表情が何とも艶めかしく、彼は由香利の湿り気ある吐息を嗅いで絶頂を迫らせた。

彼女の口はいつもの花粉臭に、うっすらとオニオン臭の刺激が混じって何とも悩ましく鼻腔を掻き回してきた。

「唾を垂らして……」

言うと由香利も、小泡の多い唾液をクチュッと吐き出してくれた。

それを舌に受けて味わい、うっとりと喉を潤した。

さらに由香利の口に鼻を擦りつけると、彼女も舌を這わせてくれ、文也は唾液と吐息の匂いとヌメリに包まれて高まった。

股間をぶつけるように突き上げると、あまりの摩擦快感で、どうにも我慢できずに文也は昇り詰めてしまった。

「い、いく……！」

大きな絶頂の快感に口走ると同時に、ありったけの熱いザーメンがドクンドクンと勢いよく柔肉の奥にほとばしった。

「か、感じる……、アアーッ……！」

噴出を受け止めた途端に、由香利もオルガスムスのスイッチが入ったように声を上ずらせて喘ぎ、ガクガクと狂おしい痙攣を開始した。

文也は射精しながらベッドから身を浮かせ、宙で股間を突き上げた。

「あう、すごい……！」

由香利も絶頂と同時に実際に浮遊感覚を得て呻き、彼の上で悶え続けた。

やがて快感を嚙み締め、心置きなく最後の一滴まで出し尽くすと、彼は再び下降してベッドに背を着けた。

そして由香利の重みと温もりを全身に受け止めながら、徐々に突き上げを弱めていった。

「アア……」

すると彼女も肌の強ばりを解いて声を洩らし、力を抜いてグッタリともたれかかってきた。膣内がキュッキュッと名残惜しげに収縮し、刺激された幹がヒクヒクと過敏に跳ね上がった。

「あう、もう動かさないで……」

由香利も敏感になっているように呻き、幹の脈打ちを押さえつけるようにキュッときつく締め上げてきた。

文也は彼女の熱く忙しげな吐息を間近に嗅ぎ、悩ましい匂いに鼻腔を刺激されながら、うっとりと余韻に浸り込んだ。

もちろん一回で済むわけもなく、これからバスルームでオシッコを戴き、二回戦目はどのようにしようかと思った。

荒い呼吸を整えながらふと窓を見上げると、レースのカーテン越しに、つごもりの月が仄白く浮かんでいた。

それは、やけに年末に相応しい眺めに思えた。

（来年は、もっと存分に力を生かしてみよう……）

文也は美女の温もりを感じながら思い、願いを込めるように、自分の守護神のような月を見つめ続けたのだった……。

二見文庫

お嬢《じょう》さまの、脚《あし》は夜《よる》ひらく

著者　睦月影郎《むつきかげろう》

発行所　株式会社 二見書房
東京都千代田区神田三崎町2-18-11
電話　03(3515)2311［営業］
03(3515)2313［編集］
振替　00170-4-2639

印刷　株式会社 堀内印刷所
製本　株式会社 村上製本所

落丁・乱丁本はお取り替えいたします。
定価は、カバーに表示してあります。

ISBN978-4-576-19211-6
https://www.futami.co.jp/

人気女優の秘密

MUTSUKI,Kagero
睦月影郎

高校三年生の怜治は、文化祭の演劇部発表会当日に、体育館で隣の席に座った同じ高校のＯＢであり人気女優の進藤麻衣子と知り合った。その夜、さっそく麻衣子から「相談がある」と呼び出され、衝撃的な言葉を聞かされることになる。驚く怜治に「かわいい」と妖しい視線を送ってくる麻衣子の前に動くこともできず……。超人気作家による青春官能エンタメ！

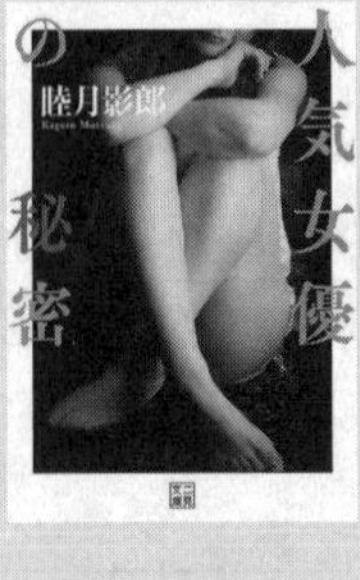